dtv

Reihe Hanser

Erin Entrada Kelly

Vier Wünsche ans Universum

Aus dem Englischen von
Birgitt Kollmann

dtv

Ausführliche Informationen über
unsere Autoren und Bücher
www.dtv.de

MIX
Papier aus verantwortungsvollen Quellen
FSC® C019821

Titel der Originalausgabe: Hello, Universe
(Greenwillow Books, an imprint of HarperCollins Publishers, New York)

Umschlag- und Innenillustrationen: Isabel Roxas
Gesetzt aus der Bembo 13/16'
Gesamtherstellung: Druckerei C.H.Beck, Nördlingen
Gedruckt auf säurefreiem, chlorfrei gebleichtem Papier
Printed in Germany · ISBN 978-3-423-64044-2

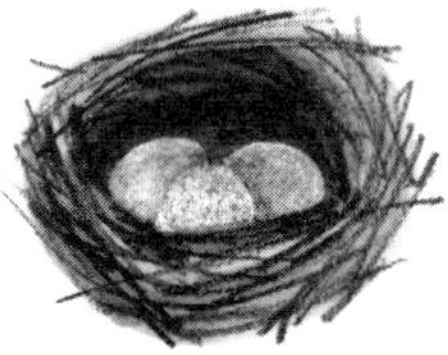

Für Carolanne, meine wunderbar,
vielfacettige Wassermannfrau,
und für Jen Breen – Zwilling, Phönix, Visionärin

1

Riesenversager

Der elfjährige Virgil Salinas dachte schon jetzt mit Schrecken an seine restliche Mittelschulzeit, dabei hatte er gerade erst die sechste Klasse abgeschlossen, also sein erstes Jahr in dieser Schule, und noch zwei weitere vor sich. Er stellte sich diese Zeit wie eine lange Reihe von Hürden vor, jede höher, dicker und schwieriger zu nehmen als die vorige. Und vor diesen Hürden stand er, Virgil, auf seinen schwachen, mageren Beinen. Hürdenlauf war überhaupt nicht sein Ding. Das hatte er leidvoll im Sportunterricht erfahren, wo er als der Kleinste leicht übersehen und immer als Letzter in eine Mannschaft gewählt wurde.

Eigentlich sollte er bester Laune sein: Der letzte

Schultag! Ein ganzes Schuljahr überstanden! Er hätte nach Hause hüpfen sollen, voller Vorfreude auf einen leuchtend hellen Sommer. Stattdessen betrat er das Haus wie ein geschlagener Athlet – mit gesenktem Kopf und hängenden Schultern, und die Enttäuschung lag ihm wie ein schwerer Stein auf der Brust. Denn seit heute war es amtlich: Virgil war ein Riesenversager.

»Ay, Virgilio«, sagte seine Großmutter – seine Lola –, als er in die Küche kam. Sie war gerade dabei, eine Mango zu schälen, und schaute nicht auf. »Komm her, nimm dir eine. Deine Mutter hat mal wieder viel zu viele gekauft. Ein Sonderangebot, natürlich, also kauft sie gleich zehn Stück. Wozu, frage ich dich, brauchen wir zehn Mangos? Außerdem kommen sie nicht einmal von den Philippinen, sondern aus Venezuela. Deine Mutter geht hin und kauft zehn venezolanische Mangos! Wozu? Diese Frau würde sogar Judasküsse kaufen – Hauptsache, sie wären im Sonderangebot.« Sie schüttelte den Kopf.

Virgil stellte sich etwas gerader hin, damit Lola nicht gleich Verdacht schöpfte und fragte, ob irgendetwas los sei. Dann nahm er sich eine Mango aus der Obstschale. Sofort trafen sich Lolas Augenbrauen in der Mitte. Richtige Augenbrauen waren das allerdings nicht, die hatte sie sich längst ausgezupft.

»Was ist los? Was machst du für ein Gesicht?«, fragte sie.

»Was für ein Gesicht denn?«, fragte Virgil zurück.

»Du weißt schon.« Lola gab nicht gerne Erklärungen ab. »Hat dieser Junge mit dem Boxergesicht dich wieder geärgert in der Schule?«

»Nein, Lola.« Ausnahmsweise einmal bereitete ihm dieser Mitschüler die geringsten Sorgen. »Alles in Ordnung.«

»Hmm«, machte Lola. Sie wusste, dass eben nicht alles in Ordnung war. Sie durchschaute Virgil immer. Zwischen ihnen beiden gab es ein geheimes Band. Das war schon so seit dem Tag, als Lola von den Philippinen hergekommen war, um bei Virgil und seiner Familie zu leben. Am Morgen ihrer Ankunft hatten sich Virgils Eltern und die eineiigen Zwillinge, seine Brüder, sofort auf Lola gestürzt, um sie zu begrüßen und zu umarmen. So waren sie nun mal in der Familie Salinas, mit Ausnahme von Virgil – lauter Menschen mit großen, übersprudelnden Herzen, die an überkochende Suppe erinnerten. Neben ihnen fühlte Virgil sich stets wie eine trockene Scheibe Toast.

»Ay, Herr Jesus«, hatte Lola gesagt und sich die Fingerspitzen an die Schläfen gedrückt, »meine ersten Minuten in Amerika, und ich habe rasende Kopfschmerzen!« Sie hatte Virgils ältere Brüder zu sich gewinkt, die schon damals groß und schlank und muskulös waren. »Joselito, Julius, geht und bringt mir meine Koffer, ja? Währenddessen möchte ich erst einmal meinem jüngsten Enkel Guten Tag sagen.«

Joselito und Julius waren gleich losgeflitzt – hilfsbereit wie immer –, und Virgils Eltern hatten der Großmutter ihren Jüngsten vorgestellt, so als wäre er ein seltenes Ausstellungsstück, das sie nicht so richtig verstanden.

»Und das ist Turtle«, hatte seine Mutter gesagt.

So nannten seine Eltern ihn nämlich: Turtle, wie die Schildkröte. Weil er »nie unter seinem Panzer hervorkommt«. Jedes Mal, wenn sie das sagten, zerbrach etwas in ihm.

Lola hatte sich vor ihn gehockt und ihm etwas ins Ohr geflüstert: »Du bist mein Liebling, Virgilio.« Dann hatte sie sich einen Finger auf die Lippen gelegt und hinzugefügt: »Aber kein Wort davon zu deinen Brüdern!«

Sechs Jahre war das jetzt her, aber Virgil wusste, er war noch immer Lolas Liebling, auch wenn sie das nie mehr gesagt hatte.

Lola konnte er vertrauen. Vielleicht würde er ihr irgendwann sein Geheimnis anvertrauen, das Geheimnis, das ihn zu diesem Riesenversager machte. Aber nicht jetzt. Nicht heute.

Lola nahm ihm die Mango aus der Hand.

»Gib her, ich schneide sie für dich auf«, sagte sie.

Virgil stellte sich neben sie und sah zu. Lola war schon alt, und die Haut ihrer Finger fühlte sich wie Papier an, doch im Aufschneiden von Mangos war sie eine Künstlerin. Sie fing langsam an und ließ sich Zeit. »Weißt du was?«, begann sie. »Letzte Nacht habe ich wieder von dem Steinjungen geträumt.«

Seit Tagen träumte sie jetzt schon von diesem Steinjungen, immer denselben Traum: Ein schüchterner Junge – ein bisschen so wie Virgil – fühlt sich schrecklich einsam. Eines Tages geht er im Wald spazieren und bittet einen Fels, ihn zu verschlingen. Dieser Fels, der größte im Wald, öffnet auch wirklich seinen finsteren Mund, der Junge springt hinein und wird nie wieder gesehen. Als seine Eltern den Stein finden, können sie nichts tun. Virgil war sich sowieso nicht sicher, wie sehr seine eigenen Eltern sich anstrengen würden, um ihn aus dem Stein herauszuholen, doch Lola, das wusste er, würde den Fels notfalls mit einem Steinmeißel von Hand zerlegen.

»Ich verspreche dir, dass ich nicht in irgendwelche Felsen springe«, sagte Virgil zu Lola.

»Ich seh dir doch an, dass etwas nicht stimmt mit dir. Du machst ein Gesicht wie Federico der Kummervolle.«

»Wer ist *das* denn – Federico der Kummervolle?«

»Das war ein König, der noch ein Junge war und immerfort traurig. Aber niemand sollte wissen, dass er traurig war, alle sollten ihn für einen starken König halten. Eines Tages jedoch konnte er seinen Kummer nicht mehr in sich behalten, und alles sprudelte aus ihm heraus wie bei einem Springbrunnen.«

Lola hob beide Hände in die Luft, um das hochsprudelnde Wasser nachzumachen. In der einen Hand hielt sie noch immer das Obstmesser. »Federico weinte und weinte, bis das ganze Land unter Wasser stand und alle Inseln voneinander wegtrieben. Am Ende war Federico ganz allein auf einer Insel. Irgendwann kam ein Krokodil und fraß ihn.«

Lola hielt Virgil eine köstlich aussehende Mangoscheibe hin. »Hier.«

Virgil nahm sie. »Lola, kann ich dich was fragen?«

»Nur heraus damit.«

»Wie kommt es, dass in so vielen von deinen Geschichten Jungen von irgendwas gefressen werden, von Felsen oder Krokodilen?«

»Es sind gar nicht immer Jungen, die gefressen werden. Manchmal sind es auch Mädchen.«

Lola warf ihr Messer ins Spülbecken und zog ihre nicht mehr vorhandenen Augenbrauen hoch. »Wenn du je beschließen solltest, dass du reden willst, dann komm zu deiner Lola. Nicht dass du noch platzt wie ein Springbrunnen und wegfließt.«

»Okay«, sagte Virgil. »Aber jetzt gehe ich erst mal in mein Zimmer. Mal sehen, ob es Gulliver gut geht.«

Gulliver, sein Meerschweinchen, freute sich immer, ihn zu sehen. Virgil wusste: Sobald er die Tür aufmachte, würde Gulliver anfangen zu zwitschern. Vielleicht würde Virgil sich dann nicht mehr ganz so sehr wie ein Versager fühlen.

»Wieso sollte es ihm nicht gut gehen?«, rief Lola ihm nach, als er die Küche verließ. »Meerschweinchen haben selten Probleme, *anak*[*].«

Lolas Lachen hallte in Virgil noch nach, während er durch den Flur ging und sich die Mangoscheibe in den Mund schob.

* Kind

2
Valencia

Ich habe keine Ahnung, wie Gott aussieht. Ich weiß auch nicht, ob es im Himmel einen ganz großen Gott gibt oder zwei oder drei oder dreißig oder vielleicht auch einen für jeden Menschen auf der Welt. Ich bin mir nicht sicher, ob Gott ein Junge ist oder ein Mädchen oder ein alter Mann mit einem weißen Bart. Aber das macht auch nichts. Ich fühle mich einfach sicher, wenn ich weiß, dass mir jemand zuhört.

Meistens rede ich mit dem heiligen Renatus. Sein richtiger Name war René Goupil. Er war ein französischer Missionar in Kanada. Als er über den Köpfen indianischer Kinder das Kreuzzeichen schlug, dachten die Erwachsenen, er wolle die Kinder verhexen, und so nahmen sie ihn gefangen und töteten ihn.

Das alles weiß ich überhaupt nur deshalb, weil ich zu meinem zehnten Geburtstag von dieser Roberta ein Buch bekommen habe, das *Berühmte gehörlose Menschen in der Geschichte* hieß. Umgekehrt hätte ich Roberta ja niemals ein Buch geschenkt mit dem Titel *Berühmte Blondinen* oder *Berühmte Menschen, die zu viel quasselten* oder *Berühmte Menschen, die versucht haben, beim Diktat abzuschreiben* – obwohl das alles auf Roberta zutraf. Aber ein Gutes hatte das Buch immerhin: Dadurch habe ich vom heiligen Renatus oder, wie ich ihn nenne, dem heiligen René erfahren.

Ich beherrsche die Zeichensprache nicht, aber wenigstens das Alphabet dazu habe ich mir beigebracht, und so habe ich mir einen Namen in Zeichensprache für den heiligen René ausgedacht. Dabei kreuze ich den Mittel- und den Zeigefinger – das Zeichen für R – und tippe mir dreimal auf die Lippen. Das ist so ziemlich das Erste, was ich abends tue, wenn ich meine Hörhilfen herausgenommen habe und ins Bett gehe. Dann schaue ich zur Decke hoch und stelle mir vor, wie meine Gebete aufsteigen, immer höher, und noch eine Weile über meinem Bett schweben, bevor sie schließlich durchs Dach entschwinden. Dann stelle ich mir vor, wie sie auf einer Wolke landen, wo sie sich niederlassen und darauf warten, dass sie erhört werden.

Als ich noch jünger war, glaubte ich, irgendwann würde die Wolke so schwer werden, dass all meine Gebete zurück auf die Erde fallen würden. Dann hätte ich alles, was ich mir je gewünscht hätte. Aber jetzt bin ich elf und weiß es besser. Trotzdem stelle ich mir immer noch vor, wie sie zur Decke segeln. Schadet ja nicht, so ein Gedanke.

Ich bete nur abends, denn das ist die Tageszeit, die ich am wenigsten mag. Dann ist alles still und dunkel, und ich habe zu viel Zeit zum Nachdenken. Ein Gedanke führt zum nächsten, und auf einmal ist es zwei Uhr morgens, und ich habe noch kein Auge zugetan. Und wenn ich doch geschlafen habe, dann nicht gut.

Das war nicht immer schon so, dass ich die Nächte gehasst habe.

Früher habe ich mich ins Bett gelegt, und schon war ich eingeschlafen. Ohne Probleme.

Mit der Dunkelheit hat das nichts zu tun. Die hat mir sonst nie was ausgemacht. Mit meinen Eltern war ich mal in einer riesigen unterirdischen Höhle, den Crystal Caves oder Kristallhöhlen. Da konnte man nicht die Hand vor Augen sehen, aber Angst hatte ich keine. Im Gegenteil, ich fand's toll. Wie eine Forscherin habe ich mich gefühlt. Zum Schluss hat mein Dad mir so eine Schneekugel gekauft, nur dass keine Flocken herumwirbelten, wenn man das Ding schüttelte, sondern Fledermäuse. Die Kugel steht ganz nah bei mir, auf meinem Nachttisch; bevor ich ins Bett gehe, schüttele ich sie immer. Einfach so.

Es ist also nicht die Dunkelheit, die mich wach hält.

Es ist der Albtraum.

Dieser Albtraum geht so:

Ich stehe am Rand einer Wiese, einer, auf der ich noch nie gewesen bin. Das Gras unter meinen Füßen ist gelb und braun, und ich bin umgeben von einer riesigen Menschenmenge. Im Traum weiß ich, wer die Leute sind, dabei sehen sie niemandem ähnlich, den ich im wirklichen Leben kenne. Alle sehen mich aus runden schwarzen Augen an. Augen ohne das kleinste bisschen Weiß darin. Dann tritt ein Mädchen in einem blauen Kleid aus der Menge heraus. Sie sagt nur ein einziges Wort: »Sonnenfinsternis.« Ich weiß, was sie sagt, dabei habe ich meine Hörhilfen nicht an, und sie bewegt auch nicht die Lippen beim Sprechen. In Träumen ist das manchmal so.

Das Mädchen zeigt zum Himmel hinauf.

Mein Albtraum-Ich schaut hoch, aufmerksam, noch nicht ängstlich. Ich verrenke mir den Hals, so wie alle anderen auch. Wir schauen zu, wie der Mond sich vor die Sonne schiebt. Der leuchtend blaue Himmel wird erst grau, dann ganz dunkel, und mein Albtraum-Ich denkt, das sei das Erstaunlichste, was es je gesehen hat.

Aber etwas ist merkwürdig an solchen Träumen.

Irgendwie weiß mein Albtraum-Ich, dass die Sache nicht gut ausgeht. Sobald der Mond an der Sonne vorbeigezogen ist, rauscht das Blut in meinen Ohren, und meine Handflächen sind feucht von Schweiß. Ich senke den Blick – langsam, ganz langsam, ich will es nicht sehen –, und es ist, wie ich es vermutet hatte: Alle sind weg. Die Menschenmenge, auch das Mädchen im blauen Kleid. Nichts bewegt sich mehr, nicht einmal ein Grashalm. Die Wiese erstreckt sich meilenweit. Der Mond hat alle weggezogen. Alle außer meinem Albtraum-Ich.

Ich bin der einzige Mensch auf der Erde.

Ich weiß nicht, wie spät es ist, aber spät auf jeden Fall. Nach Mitternacht. Ich hab mir ganz fest vorgenommen, nicht an den Albtraum zu denken, und was tue ich? Ich liege im Bett und denke an nichts anderes. Ich schüttele meine Glaskugel aus den Kristallhöhlen und sehe zu, wie die Fledermäuse darin herumschwirren. Dann versuche ich, mich auf die klumpigen Farbkleckse an der Zimmerdecke zu konzentrieren. Popcornfarben nennt mein Dad das. Als ich noch klein war, haben wir uns immer vorgestellt, die ganze Decke wäre aus Popcorn. Wir haben den Mund weit aufgerissen und uns das Zeug nur so hineinfallen lassen.

»Nächstes Mal male ich dir eine Lakritzdecke«, sagte er oft. Lakritzstangen gehörten zu seinen Leibspeisen, behauptete er, doch ich schüttelte nur den Kopf und sagte: »Schokolade, Schokolade, Schokolade.«

Das war ein Spiel zwischen uns. Aber so was machen wir nicht mehr.

Ich glaube, er weiß einfach nicht, was man so macht als Vater einer Elfjährigen. Ein Mädchen von elf Jahren kann man sich nicht einfach mehr auf die Schultern setzen, schon gar nicht, wenn sie vor allem aus Knien und Ellenbogen besteht und einsfünfundsechzig groß ist. Man kann auch nicht mehr Kakao für sie kochen oder Bilderbücher vorlesen oder mit ihr zusammen auf den Weihnachtsmann warten.

Trotzdem war es schön, sich an die Popcorn-Lakritz-Schokolade-Decke zu erinnern.

Auf jeden Fall besser, als an einen Albtraum zu denken.

Ich mache die Augen zu und spüre den Windhauch des Deckenventilators im Gesicht. Dann gebe ich mir selbst ein Versprechen: Wenn ich heute Nacht wieder einen Albtraum habe, dann rede ich mit jemandem und bitte um Hilfe. Mit wem, weiß ich noch nicht. Aber mit irgendwem ganz bestimmt. Nur nicht mit meiner Mutter.

Versteh mich nicht falsch. Manchmal kann man ganz vernünftig mit ihr reden. Wenn man einen guten Tag erwischt, an dem sie nicht allzu gluckenhaft drauf ist. Aber ich weiß vorher nie, in welcher Verfassung sie gerade ist. Manchmal ist sie überbeschützend, übermächtig, überalles. Irgendwann habe ich sie ganz direkt gefragt, ob sie mich deswegen so behandelt, weil ich gehörlos bin. Denn so fühlt es sich für mich an.

»Ich bin nicht überbeschützend, weil du gehörlos bist. Ich bin überbeschützend, weil ich deine Mutter bin«, sagte sie.

Aber etwas in ihrem Blick sagte mir: Das war nicht die Wahrheit. Jedenfalls nicht die ganze.

Ich bin gut darin, Blicke zu lesen. So wie ich auch Lippen lesen kann.

Meine Mutter darf auf keinen Fall von meinen Albträumen erfahren. Sie würde sofort anfangen, mich jeden Morgen und jeden Abend auszufragen, und darauf bestehen, dass ich zu einem Psychiater gehe oder so.

Andererseits: Vielleicht wäre das nicht das Schlechteste.

Vielleicht könnte ich dann endlich schlafen.

Augen auf. Augen zu.

Denk an was Nettes.

An den Sommer, der gerade beginnt. Also gut, daran werde ich jetzt denken. Das sechste Schuljahr ist vorüber, und ein schöner, fauler Sommer liegt vor mir. Okay, ich habe vielleicht nicht eine Million Freunde, mit denen ich abhängen könnte. Na und? Ich mach mir mein eigenes Unterhaltungsprogramm. Ich werde den Wald erkunden und mir in meinem zoologischen Tagebuch Notizen machen. Vielleicht ein paar Vögel zeichnen.

Es gibt jede Menge zu tun.

Ich brauche keine Million Freunde.

Nicht mal *einen* Freund brauche ich.

Ich brauche nur mich selbst, stimmt's?

Solo – das ist überhaupt das Beste.

Erspart einem viel Ärger.

3
Hilfe anderer Art

Gulliver war ein guter Freund, Meerschweinchen hin oder her. Virgil konnte ihm alles erzählen, ohne dass Gulliver eine Meinung dazu äußerte. Das tat Virgil gut, aber er brauchte mehr. Er brauchte ganz praktische Ratschläge.

Er brauchte Hilfe anderer Art.

Lola hatte Virgil einmal eine Geschichte erzählt, die von einer Frau namens Dayapan handelte. Diese Frau hatte sieben Jahre lang Hunger gelitten, da ihr Volk nicht wusste, wie man Lebensmittel anbaut. Eines Tages weinte Dayapan, denn sie wünschte sich so sehr etwas zu essen, und wenn es nichts weiter als ein Reiskörnchen und eine Erbsenschote wäre. Um sich die Tränen abzuwaschen, nahm sie ein Bad in einer Quelle. Da erschien ein großer Geist und brachte ihr so viel Reis und Zuckerrohr, wie sie nur tragen konnte. Er erklärte ihr genau, was sie tun müsse, um bald mehr davon zu ernten. So kam es, dass Dayapan nie mehr Hunger litt.

Virgil wünschte sich, er hätte auch so einen großen Geist, der ihm genau sagte, was er tun sollte, doch er hatte nur Kaori Tanaka.

Virgil fütterte Gulliver und ging dann zum Frühstück. Auf dem Weg durch den Flur schrieb er eine SMS an Kaori. Normalerweise würde er niemandem morgens um Viertel vor acht schreiben, schon gar nicht am ersten Tag der Sommerferien, aber an Kaori war nichts normal. Davon abgesehen schien sie zu jeder Tageszeit wach zu sein.

Brauche Termin
heute Nachmittag, falls o. k.

Virgil steckte sein Handy in die Pyjamatasche und folgte den unverwechselbaren Morgengeräuschen seiner Eltern und seiner Brüder. Joselito und Julius waren Frühaufsteher, denn irgendwie hatten sie andauernd Fußballtraining. Alle waren sie daher schon in der Küche, tranken Orangensaft und ließen ihr Temperament übersprudeln, während Virgil versuchte, sich einen Weg durch das donnernde Leben zu bahnen, um sich Obst zu nehmen oder ein Ei zu kochen.

»Guten Morgen, Virgil!«, sagte Joselito.

»Guten Morgen, Turtle«, sagten seine Eltern fast wie aus einem Munde.

Schließlich noch Julius: »*Maayong buntag**, Brüderchen.«

Virgil brummelte etwas, das nach Hallo klang. Seine Eltern saßen an der Küchentheke auf Hockern mit hohen Rückenlehnen. Lola saß am Frühstückstisch und las die Zeitung.

»Deine Mutter hat zu viele Clementinen gekauft, also iss, so viel du kannst«, sagte sie, ohne aufzublicken, und schnalzte wegen dieser Verschwendung mit der Zunge. Virgil nahm zwei Clementinen in jede Hand und passte gut auf, dass ihm bloß keine runterfiel, als er sich neben Lola setzte. Im selben Moment surrte das Handy in seiner Schlafanzugtasche.

»Was liest du da, Lola?«, fragte Virgil. Er ordnete die Clementinen in einer vollkommen geraden Reihe an, bevor er auf sein Telefon schaute.

Ich hab Zeit. Sei um zwölf hier.
Pünktlich!

* Guten Morgen

Virgil legte das Telefon mit der Vorderseite nach unten auf den Tisch, gleich neben die Clementinen.

»Tod und Zerstörung im ganzen Universum«, sagte Lola. »Gottlosigkeit hinter jeder Ecke.«

Julius drehte sich zu ihnen um. »Also echt, Lola, sei nicht so eine Spaßbremse!«

Virgil hegte schon lange den Verdacht, dass seine Brüder aus einer Fabrik stammten, die perfekte, supersportliche, von früh bis spät glückliche Kinder produzierte, während er selbst aus irgendwelchen übrig gebliebenen Bauteilen zusammengesetzt war. Der einzige Hinweis darauf, dass eine Kleinigkeit schiefgegangen war bei seinen Brüdern, waren die kleinen Finger der beiden, die leicht nach innen gebogen waren.

Während Virgil sich eine Clementine schälte, musterte er genau seine eigenen Hände. Seine Finger waren schlank und ganz gerade. Keiner war nach innen gebogen.

»Lola, kennst du dich mit Händen aus?«, fragte er mit einem vorsichtigen Seitenblick zu seinen Brüdern hinüber, doch die waren schon wieder in ein Gespräch über Fußball vertieft. Auch ihr Vater war kürzlich in einen Fußballverein für Erwachsene eingetreten. Alle Welt war verrückt nach Fußball. Nur Virgil nicht.

Lola ließ ihre Zeitung sinken. »Ich weiß, dass sie fünf Finger haben, meistens.«

»Wie meinst du das – meistens?«

»In meinem Dorf gab's mal ein Mädchen mit zwei Daumen an einer Hand.«

»Wirklich? Und was hat man mit ihr gemacht? Ist sie zum Arzt gegangen, und er hat ihr den zweiten Daumen abgehackt?«

»Nein, ihre Familie war arm. Einen Arzt konnten die sich nicht leisten.«

»Ja, aber – was haben sie dann gemacht?«

»Nichts. Der zweite Daumen blieb dran.«

»Hat sie sich wie ein Monster gefühlt?«

»Vielleicht. Aber ich habe ihr gesagt, dass Gott sicher etwas weiß, was sie selbst nicht weiß, deshalb hätte er das so gemacht.«

»Vielleicht wollte er, dass sie gut per Anhalter fahren konnte.«

»Vielleicht. Oder sie war wie Ruby San Salvador.«

»Wer war das?«

»Auch ein Mädchen aus meinem Dorf. Sie hatte sieben Schwestern. Jedes der Mädchen wurde nach seiner Geburt von den Eltern zu einer Hellseherin gebracht, die ihm die Zukunft vorhersagen sollte. Aber als Ruby San Salvador an der Reihe war, konnte niemand ihre Zukunft voraussehen. Alle, die es versuchten, sahen nur ein leeres Bild vor sich.

Niemand verstand, was das zu bedeuten hatte, und Ruby ging überall herum und fragte alle Leute: ›Wie sieht mein Schicksal aus? Wie sieht mein Schicksal aus?‹ Irgendwann sagte ich zu ihr: ›Keiner weiß es, aber du machst uns noch wahnsinnig.‹«

Virgil dachte an die arme Ruby San Salvador, die zusehen musste, wie alle ihre Schwestern etwas bekamen, was sie nicht haben konnte.

»Und was ist aus ihr geworden?«, wollte Virgil wissen.

»Sie ist fortgegangen, um es selbst herauszufinden. Im Dorf war es jedenfalls sehr viel ruhiger ohne ihre dauernde Fragerei.« Lola kniff die Augen zusammen. »Was hast du nur, Virgil? Wieso fragst du ausgerechnet nach Händen?«

»Mir ist nur eben aufgefallen, dass meine Finger schön gerade sind. Findest du nicht?«

Er legte die Clementinenschalen beiseite und beide Hände flach auf den Tisch, um sie Lola zu zeigen.

Lola nickte. »Stimmt, du hast sehr schöne Hände. Die Hände eines begnadeten Pianisten. Du solltest Klavierstunden bekommen. Li!«, rief sie. Li war der Name von Virgils Mutter. »Li!«

»Ja, *manang**?«, antwortete Virgils Mutter, die ge-

* respektvolle Anrede für eine ältere Frau

rade laut über etwas lachte. Sie schien immer zu lachen.

»Wieso bekommt Virgil eigentlich keinen Klavierunterricht? Er hat die Hände eines Pianisten.«

Virgils Vater antwortete anstelle seiner Frau. »Weil Jungen nun mal Sport treiben und nicht auf so einem albernen Klavier rumklimpern. Stimmt's, Turtle?«

Virgil schob sich eine halbe Clementine in den Mund.

Mr. Salinas hob sein Glas mit dem Orangensaft. »Er muss nur endlich ein bisschen Speck auf die Rippen kriegen.«

Lola schaute weiter auf Virgils Hände und schüttelte den Kopf. »Ay, Herr Jesus«, murmelte sie. »Du solltest wirklich Klavier spielen, *anak*. Mit deinen Händen könntest du Konzerte im Madison Square Garden geben! Ganz sicher!«

»Vielleicht fang ich wirklich mit Klavier an«, sagte Virgil mit vollem Mund.

»Ja! Mach das! Gute Idee!«, sagte Lola. Dann wanderte ihr Blick zu Virgils Gesicht hoch, und sie betrachtete es aufmerksam. »Geht's dir heute besser, *anak*?«

Virgil schluckte die halbe Clementine hinunter und nickte.

»Hm«, machte Lola. »Wie geht's deinem Tierchen?«

»Dem geht's gut. Aber gestern Abend habe ich im Internet gelesen, dass Meerschweinchen sehr soziale Tiere sind und nicht allein leben sollten.«

»Und?«

»Und – Gulliver ist allein.«

»Ist es das, was dir Sorgen macht?«

Gulliver hatte mit Virgils großem Versagen gar nichts zu tun. Normalerweise log Virgil auch nicht. Aber dies war eine Situation, in der man mit dem Wörtchen *Ja* zwei Fliegen mit einer Klappe schlagen konnte (oder zwei Vögel mit einem Samenkorn füttern, wie Kaori gern sagte). Vielleicht würde er ein zweites Meerschweinchen bekommen, und Lola würde endlich aufhören, ihn danach zu fragen, weshalb er ein so trauriges Gesicht machte.

Also sagte er: »Ja.«

Lola nickte. Sie verstand zwar nicht, wieso irgendjemand sich ein Meerschweinchen wünschte. Aber was Einsamkeit war, das wusste jeder.

»Ich spreche mit deiner Mutter«, sagte sie.

4
Glocken eines buddhistischen Klosters

Die zwölfjährige Kaori Tanaka – ihrem Sternzeichen nach Zwilling und stolz darauf – behauptete gern, dass ihre Eltern aus Japan stammten, aus einem Samurai-Dorf im Nebel eines Hochgebirges. In Wirklichkeit kamen sie aus einer japanisch-amerikanischen Familie, die in zweiter Generation in Ohio lebte. Egal. Kaori spürte es in ihren Knochen, dass ihren Eltern die Berge als Geburtsort vorherbestimmt waren. Das passierte eben manchmal, dass Menschen am falschen Ort zur Welt kamen. Wie sonst sollte Kaori sich ihre eigenen hellseherischen Fähigkeiten erklären? Die konnten doch nur von einem magischen Ort auf sie gekommen sein.

Kaori war gelinde überrascht, als sie am ersten Ferientag, dazu noch morgens um Viertel vor acht, eine SMS von einem ihrer Kunden bekam. (Ihrem einzigen Kunden, um ehrlich zu sein.) Doch dann fiel ihr wieder ein, dass sie am Vorabend, als sie fast schon eingeschlafen war, eine Vision gehabt hatte: Sie hatte einen Habicht gesehen, der auf einem riesigen Zaunpfosten saß. Möglich, dass es auch ein Geier gewesen war. Auf jeden Fall war es ein Vogel gewesen, und Vogel begann mit einem V, genau wie der Name Virgil. Der Zusammenhang hätte nicht deutlicher sein können.

Sie war schon wach gewesen – sie wachte am liebsten gleich mit der Morgendämmerung auf –, als auf einmal die Glocken eines buddhistischen Klosters zu läuten begannen. Das war der Klingelton ihres Telefons, der ihr eine SMS meldete. Sofort griff sie nach ihrem Handy und las Virgils Nachricht.

»Scheint eilig zu sein«, sagte sie noch vom Bett aus. Sie redete gern laut, wenn sie allein war, für den Fall, dass irgendwelche Geister gerade zuhörten.

Als sie ihre Antwort abgeschickt hatte, zündete sie ein Räucherstäbchen an, lief über ihren runden Sternzeichenteppich und trat in den Flur. Leise klopfte sie an die Zimmertür ihrer jüngeren Schwester. Noch war außer Kaori niemand auf, schon gar nicht die siebenjährige Gen. Gens Sternzeichen war Krebs, und Krebse waren bekanntermaßen Nachteulen. Der Morgen war nicht ihre beste Tageszeit.

»Klopfen ist völlig zwecklos«, sagte sich Kaori und öffnete die Tür.

Sofort traf es sie wieder wie ein Schlag: die knallrosa Kommode ihrer Schwester, die knallrosa Vorhänge, der knallrosa Teppich und die knallrosa Bettdecke – für Kaoris Augen war das alles fast eine Beleidigung. Es war das typische Zimmer einer Zweitklässlerin, mit lauter Teddybären, die über den Boden verstreut waren, dem Teegeschirr aus Plastik, das im Zimmer verteilt war. Gen war grauenvoll unordentlich. Außerdem hatte sie die Eigenschaft, sich ständig ein neues Hobby zuzulegen. Sie war fest entschlossen, eines Tages Weltmeisterin in irgendwas zu werden. Erst drehte sich alles um Himmel und Hölle, dann um Klettergerüste, dann ums Damespiel. Am Boden lagen eine Flöte, auf der Gen es mal zur großen Meisterin hatte bringen wollen, und ein Buch über Abraham Lincoln, noch aus der Zeit, als Gen Amateurhistorikerin werden wollte. Ein rosa Springseil lag zusammengerollt wie eine Schnecke dicht am Fuß von Gens schmalem Bett – ein klarer Hinweis auf ihre neueste Besessenheit.

»Die wird auch noch mal groß«, sagte Kaori zu den Geistern. Auf dem Weg zum Bett kickte sie das Springseil aus dem Weg und seufzte dabei genervt. Schon seit einer ganzen Woche sprang Gen unablässig mit dem Seil durchs Haus und brachte jeden damit zur Verzweiflung. Schon drei Wassergläser waren seither zu Bruch gegangen.

»Gen«, sagte Kaori und pikste ihre Schwester in die Schulter. »Wach auf. Heute kommt ein Kunde, wir müssen alles vorbereiten.«

Gens Augenlider flatterten leicht, öffneten sich aber nicht.

»Gen!« Kaori bohrte den Finger etwas fester in den Kaninchenpyjama. Kaninchen! Also wirklich! »Aufstehen!«

Gen brummte irgendetwas und zog sich die Decke über den Kopf.

Kaori strich sich ihr eigenes Schlafanzugoberteil glatt – kohlschwarz mit roter Borte – und sagte: »Gut, dann bereite ich die Geistersteine eben alleine vor.«

Gen schlug die Decke zurück. Die Augen hatte sie jetzt weit aufgerissen. Ihr dunkles Haar stand in alle Richtungen ab. »Du benutzt die Geistersteine?«

»Ich habe Grund zur Annahme, dass ich sie brauchen werde. Aber da du noch so mit Schlafen beschäftigt bist ...«

»Ich stehe schon auf.« Und das tat sie tatsächlich.

»Wir treffen uns im Geisterzimmer«, sagte Kaori. »Aber komm bloß nicht mit diesen Kaninchen!«

5
Turtle

Das mit den Meerschweinchen stimmte tatsächlich: Sie sollten eigentlich nicht allein leben. Virgil wünschte, er hätte das nie erfahren, denn jetzt war er fest davon überzeugt, dass Gulliver an schleichender Depression litt.

Der arme schwarz-weiße Nager war seit achtzehn Monaten allein, und Virgil wurde den Gedanken nicht los, dass sein Haustier sich in verzweifelter Einsamkeit Stunde um Stunde nach einem Gefährten sehnte.

Bevor er sich auf den Weg zu Kaori machte, räumte Virgil seinen Rucksack leer und stopfte ihn mit einer Fleecedecke aus, die er aus dem Wäscheschrank geklaut hatte. Gulliver und er würden den

Ausflug zum Haus der Tanakas gemeinsam machen. So wäre keiner von ihnen allein.

Gulliver zwitscherte kein einziges Mal, als Virgil ihn aus seinem Käfig hob – ein weiteres Anzeichen für das Elend und die Verbitterung des Tieres.

»Es tut mir so leid«, sagte Virgil und schaute Gulliver tief in die schwarzen Knopfaugen. »Der Mann im Zoogeschäft hat mir nichts davon gesagt, dass Meerschweinchen soziale Wesen sind.«

Virgil setzte Gulliver behutsam auf die Decke und zog den Reißverschluss zu, allerdings nur so weit, dass Gulliver noch Luft bekam. »Ich weiß, was du durchmachst«, sagte Virgil. »Falls dir das irgendwie hilft.« Virgils Riesenversagen machte ihn und Gulliver zu Seelenverwandten.

Als Gulliver sicher weggepackt war, setzte Virgil sich den Rucksack auf. Es war Donnerstag, und das bedeutete, dass seine Mutter erst zur Nachtschicht im Krankenhaus sein musste. Sie saß auf der Couch, die Beine hochgezogen, und sah fern. Das passte Virgil gar nicht in den Kram, denn er hatte gehofft, sich unauffällig aus dem Haus stehlen zu können, ohne vorher mit einem seiner Eltern ausführlicher reden zu müssen.

Pech!

»Wo willst du hin, Turtle?«, fragte seine Mutter. Wenn sie *Turtle* zu ihm sagte, war das so, wie wenn sein Mitschüler Chet Bullens ihn *Hirni* nannte. Seine Eltern waren nicht wie Chet Bullens, das wusste Virgil, aber er wusste auch, dass sie sich gern über seine Schüchternheit lustig machten, so wie Chet Bullens sich darüber lustig machte, dass Virgil schon elf war und das Einmaleins noch immer nicht richtig beherrschte.

War ihnen eigentlich klar, wie sehr er diesen Spitznamen hasste?

»Zu Kaori«, murmelte Virgil.

Mrs. Salinas und Mrs. Tanaka kannten einander vom Krankenhaus, wo beide als Krankenschwestern arbeiteten.

»Nimm ihr eine Mango mit, aber sag ihr, sie soll sie noch liegen lassen, bis sie reif ist.«

Virgil wurde die Zeit knapp, trotzdem lief er schnell in die Küche und schnappte sich eine Mango aus der Obstschale. Lola beschwerte sich jetzt schon seit drei Tagen über die ständigen Obstkäufe, und so musste Virgils Mutter ihr jetzt etwas beweisen, indem sie dafür sorgte, dass jede Mango und jede Clementine gut genutzt wurde.

Virgil drehte schon am Türknauf, da sagte seine Mutter noch: »Aber entfern dich nicht zu weit von zu Hause, Turtle. *Mahal kita.*«

Virgil blieb in der halb offenen Tür stehen. »Mom?«

»Ja?«

Nenn mich nicht so.

Dann komme ich mir vor, als wäre ich erst sechs.

Dann komme ich mir vor wie eine Niete.

»*Mahal kita*«, sagte er ebenfalls. Was so viel hieß wie: »Ich hab dich lieb.«

Dann trat er hinaus in den wärmenden Sonnenschein.

6
Der Tiger aus der Elm Street

Die Tanakas wohnten in einem ganz gewöhnlichen Haus in der Maple Street 1401. Der Weg dahin führte durch ein Wäldchen auf einem Hügel. Virgil hatte es nicht weit dorthin: Er musste nur quer durch den Wald gehen, anschließend erst die Elm Street und dann die Ash Street überqueren, und schon war er da. Eigentlich. Nur wäre das viel zu einfach gewesen. Stattdessen hatte das Schicksal dafür gesorgt (oder war es einfach nur Pech, Virgil war sich nicht sicher), dass genau auf Virgils Weg zu den Tanakas das Haus lag, in dem Chet Bullens wohnte. Elm Street 1417. Und an neunundneunzig von hundert Tagen war Chet, von Virgil auch Bulle genannt, in der Einfahrt seines Hauses und trainierte

Körbewerfen. Virgils Eltern klagten immer darüber, dass Kinder heutzutage nicht mehr draußen spielten, sondern stattdessen endlos viel Zeit mit Videospielen verbrachten. Auf Bulle traf das jedenfalls nicht zu. Der suchte die Elm Street heim wie ein Tiger, der aus dem Zoo ausgebrochen war.

Virgil nannte Chet nicht einfach deshalb Bulle, weil sein Nachname Bullens war. Der Typ hatte wirklich was von einem Bullen, immer bereit, auf andere loszugehen, immer auf hundertachtzig und bereit, Virgil mit Namen wie Hirni oder Weichei zu verspotten. Manchmal erwartete Virgil direkt, dass Qualm aus Chets Nasenlöchern kam.

Virgil musste einen größeren Umweg machen, um nicht an der Elm Street 1417 vorbeizumüssen. Dadurch brauchte er zwar einige Minuten länger zu Kaori, aber was blieb ihm anderes übrig? Als er also aus dem Wald trat, bog er gleich nach links ab, obwohl er in Höhe Elm Street nach rechts hätte gehen können, um an der nächsten Ecke die Straße zu überqueren. Schon wäre er da gewesen, in null Komma nichts.

Er hielt den Kopf gesenkt, die Daumen hatte er unter die Rucksackgurte gehakt. *Gehen, gehen, gehen. Beim Eckhaus mit der grünen Tür rechts abbiegen.*

Aus irgendeinem Grund hatte Virgil es sich in den Kopf gesetzt, dass er keinen Augenkontakt mit irgendwem oder irgendetwas haben dürfte. Dann würde ihn auch niemand bemerken.

Aber so war es nicht.

»He! Hirni!«

Das kam von hinten, aus einiger Entfernung. Aber das hatte nichts zu sagen. Bulle konnte Entfernungen schneller überbrücken als eine Pistolenkugel.

Virgils Herz tat einen extralauten Schlag: BUM!

Sein Trick mit dem Umweg über das Haus mit der grünen Tür war nämlich nicht wasserdicht. Es kam vor, dass Chet sich von seinem Haus wegbewegte. Den Basketball behielt er dabei immer in seinen fetten Händen. Ohne den ging gar nichts.

Virgil sah sich nicht um, sondern lief nur schneller.

»He! Hirni! Weißt du nicht, wie du heißt?«

Virgil legte noch einen Schritt zu, schon lief ihm der Schweiß über den Rücken. Entweder brannte die Sonne immer heißer, oder seine Nerven wurden schwächer.

Jetzt hörte er schnelle Schritte hinter sich. Das Geräusch von Sneakers auf Asphalt.

Würde Bulle ihn von hinten umstoßen? Ihm den Basketball an den Kopf knallen? In der Schule schubste er ihn normalerweise gegen die Mauer. Richtig umgeworfen oder verprügelt hatte er ihn noch nie. Aber es gab für alles ein erstes Mal.

Jetzt sah Virgil neben sich die Bullensneakers und roch den Bullenschweiß. Ob er selbst genauso stank?

»Wo gehst du hin, Hirni?«, fragte Bulle und lief einfach neben ihm her, als wären sie alte Freunde.

Virgil antwortete nicht. *Einfach weitergehen.*

»He, ich frag dich was.« Bulle quatschte immer weiter. »Wie viel ist fünf mal fünf?«

Einfach weitergehen.

»Das weißt du wohl nicht, du Hirni, aber fünf mal fünf ist fünfundzwanzig, und genauso oft habe ich mit deiner Schwester geknutscht.« Bulle stieß ein brüllendes Gelächter aus.

Einfach gehen.

Virgil stellte sich eine alternative Wirklichkeit vor, eine, in der er jetzt stehen bliebe, beide Füße fest auf dem Boden, und Chet Bullens gerade in die Augen blickte.

»Ich hab nicht mal eine Schwester, du Depp«, würde der alternative Virgil sagen. Dann würde seine schlanke kleine Hand, die mit den Fingern eines begnadeten Pianisten, den Bullen am Kragen packen und gegen den nächsten Baum stoßen. »Nimm das zurück!«, würde er sagen. Doch Bulle könnte nicht antworten, weil der Kragen ihm den Hals zuschnürte, also würde Virgil ihn mit einer Hand hochheben und durch die Luft werfen. Über dreißig Dächer würde Bulle fliegen, bevor er bei irgendwelchen Leuten auf dem Schornstein landete, der glühend heiß war, obwohl doch Sommer war und niemand Feuer im Kamin machte. Dort würde er stecken bleiben und langsam, aber sicher geröstet werden.

Nur gab es diesen alternativen Virgil nicht. Es gab nur Turtle. Und deshalb sagte Virgil kein einziges Wort, sondern rannte los.

Bulle kam ihm nicht hinterher. Er lachte sich nur halb tot.

7
Eine merkwürdige Zukunft

Noch als Bulle längst außer Sichtweite war, verfolgte sein Gelächter Virgil wie eine brummende Stubenfliege, bis er endlich das schlichte rote Backsteinhaus der Tanakas erreichte.

Man glaubte es kaum, dass jemand wie Kaori in einem so normalen Haus lebte. Andererseits: Gekauft hatten das Haus ja ihre Eltern, und Virgil wusste aus erster Hand, dass Kinder sich ihre Eltern nicht aussuchen können.

Gen öffnete die Haustür, aber nur einen Spalt. Ein rosa Springseil hing ihr wie ein Stethoskop um den Hals. Virgil musste sofort daran denken, wie er das letzte Mal in Sport Seil gesprungen war. Das war nicht so gut gelaufen.

»Passwort?«, sagte Gen.

»Ich bin schon fünfmal hier gewesen. Muss ich wirklich …«

»Passwort?«

Virgil seufzte. »Die Venus geht im Westen auf.«

Gen nickte und machte ihm Platz. Virgil warf einen Blick auf die Uhr an seinem Handy. Er war auf die Minute pünktlich, trotz allem. Durch den Flur zog schon der Geruch von Räucherstäbchen. Der kam aus Kaoris Zimmer, dem sogenannten Geisterzimmer. Es war ein sehr karg eingerichteter Raum. Außer dem Bett und dem Teppich gab es ein Tischchen mit Räucherstäbchen, ein kompliziertes Poster an der Wand, das die Sternbilder erklärte, und Bücherstapel in den Zimmerecken.

Kaori saß im Schneidersitz auf dem Teppich. Auf dem Schoß hielt sie einen Stoffbeutel mit Kordelverschluss. Rauchwölkchen kringelten sich über ihrem Kopf und verschwanden nach oben. Gen setzte sich neben ihre Schwester. Auch Virgil setzte sich und stellte den Rucksack behutsam auf seinem Schoß ab. Er nahm die Mango heraus und legte sie vor sich auf den Teppich. »Die soll ich dir von meiner Mutter geben. Aber iss sie erst, wenn sie reif ist«, sagte er.

Kaori nickte Gen kurz zu, und die nahm die Mango mit beiden Händen und legte sie beiseite.

Virgil spähte in seinen Rucksack, um sich zu vergewissern, dass es Gulliver gut ging.

»Soll Gen dir deine Sachen abnehmen?«, fragte Kaori.

»Nein«, sagte Virgil schnell. »Mein Meerschweinchen ist hier drin.«

Gens Augen leuchteten auf. »Echt?« Sie rückte gleich näher an den Rucksack heran, doch Kaori mahnte sie, still zu sitzen.

»Du hast ein Nagetier im Rucksack?«, fragte Kaori und kniff die dunkel umrandeten Augen fest zusammen.

»Streng genommen, ja«, sagte Virgil. »Aber keine Ratte oder so was. Nur ein Meerschweinchen.«

»Nager sind Nager.« Kaori zögerte kurz. »Na ja. Dann machen wir uns mal an die Arbeit.«

Sie hob den Beutel hoch. Er sah wie ein ganz gewöhnlicher Murmelbeutel aus, doch als Virgil hineingriff, ertastete er mittelgroße Steine, wie seine Mutter sie im Garten liegen hatte.

»Schau nicht rein, nimm einfach irgendeinen. Dann leg ihn zwischen uns auf den Teppich«, sagte Kaori. Soweit Virgil erkennen konnte, war an dem von ihm ausgesuchten Stein nichts Besonderes. Grau war er, glatt und halbmondförmig.

Kaori betrachtete den Stein so gründlich, als wäre

sie eine Archäologin. Dann setzte sie sich gerade hin und schloss die Augen.

»Du hast eine merkwürdige Zukunft vor dir«, begann sie. Sie legte die Zeigefinger an die Schläfen. Das dunkle Haar hatte sie zurückgekämmt und hochgegelt, sodass es aussah, als wäre sie mit den Fingern in eine Steckdose geraten. Die Lippen hatte sie sich bläulich angemalt. »Mhm-hm. Sehr seltsam.«

»Inwiefern?«, wollte Virgil wissen.

Kaori presste die Lippen zusammen.

»Psssst!«

Gulliver nieste.

»Dir passiert was«, fuhr Kaori fort.

»Das ist alles?«, fragte Virgil. »Mir passiert irgendwas?«

»Ich sehe Dunkelheit«, sagte Kaori.

»Du hast ja auch die Augen zu.«

»Das weiß ich selbst, Dummchen.« Kaori seufzte, ließ die Augen aber geschlossen. »Aber das meinte ich nicht.«

»Was meinst du denn?«

»Ich meine, ich sehe dich an einem dunklen Ort.«

»Dunkel? Wie?«

»Einfach dunkel.«

Virgils Herz klopfte heftiger. BUM! BUM!

Zu den allervertraulichsten Informationen über

ihn zählte auch diese: Er hatte Angst im Dunkeln. Mit elf sollte man sich im Dunkeln nicht mehr fürchten, aber er kam nicht dagegen an. Vielleicht waren Lolas Geschichten daran schuld – Geschichten über bösartige, dreiköpfige Affen, die munter im Dunkeln lebten. Geschichten von Kindern, die in tiefster Nacht von Vögeln entführt wurden. Was Virgil anging, war die Dunkelheit ein unsichtbares Ungeheuer.

Der Kloß in seinem Hals hatte etwa die Größe von Chets Basketball. Virgil schluckte ihn tapfer hinunter.

»Sonst sehe ich nichts«, sagte Kaori und machte die Augen wieder auf. Dann langte sie an Gen vorbei nach der Mango und schnupperte daran. »Woher weiß ich, wann sie reif ist?«

»Sie muss weich sein, aber noch nicht zu weich«, erklärte Virgil. Er schob die Furcht in die hinterste Ecke seines Gehirns und schaute wieder nach Gulliver. »Hör zu, eigentlich bin ich hier, weil ich ein ganz spezielles Problem habe.«

»Was für eins?«

Virgil sah erst Kaori an, dann Gen, und konzentrierte sich. Er stellte sich vor, wie die Wörter in einer geraden Reihe Stellung bezogen und laut und deutlich seinen Mund verließen, ohne Gestotter und Gestammel und ohne dumm zu klingen. Es war ihm wirklich wichtig. Er stand kurz davor, die allervertraulichste von allen geheimen Infos über sich offenzulegen.

»Hm«, sagte er.

Kaori warf die Mango von einer Hand in die andere.

»Die Sache ist die«, fuhr Virgil fort, »da gibt's ein Mädchen, das ich kenne … Ich meine, mit dem ich gerne reden möchte, und also, eigentlich hab ich mir schon seit Anfang des Schuljahres vorgenommen, sie anzusprechen, aber … Jetzt ist das Jahr zu Ende, und ich … Also, ich hab mich ihr nicht mal vorgestellt. Aber irgendwie habe ich das Gefühl, wir seien dazu bestimmt, Freunde zu sein. So was wie …«

»… eine Vorahnung«, sagte Kaori. Sie legte die Mango ins Wassermannfeld ihres Teppichs.

»Ja, irgend so was. Klar. Ja.« Virgil spürte, wie ihm die Hitze in den Kopf stieg.

Gen knibbelte an ihrem Ellbogen. »Wieso bist du denn nicht einfach zu ihr hin und hast gesagt: ›Willst du meine Freundin sein?‹ So mache ich das.«

Kaori warf ihr einen bösen Blick zu. »Klappe, Gen. Virgil und ich sind schließlich in der Mittelschule. Da läuft das anders. Außerdem ist Virgil schüchtern. Siehst du das nicht?«

Vor lauter Peinlichkeit bekam Virgil rote Flecken am Hals.

»Ich kann dir helfen«, sagte Kaori. »Wie heißt sie?«

»Ääh …«

»Du kannst es mir ruhig sagen. Wir gehen ja nicht mal auf dieselbe Schule. Wahrscheinlich kenne ich sie gar nicht.«

Das stimmte. Kaori besuchte eine Privatschule. Trotzdem. Virgil mochte den Namen des Mädchens nicht laut aussprechen. Die Situation war auch so schon unangenehm genug.

»Dann sag mir wenigstens ihre Initialen«, schlug Kaori vor.

»Okay.« Virgil holte tief Luft. »V. S.«

Verwirrt legte Kaori den Kopf schief. »Aber das sind doch deine Initialen.«

»Ich weiß.«

Kaori war sofort Feuer und Flamme. »Das ist Schicksal! Es ist sozusagen eure Bestimmung, Freunde zu werden. Zufälle gibt es nicht, Virgil Salinas.« Kaori flippte fast aus. »Kennst du ihr Sternzeichen?«

Es war ihm fast zu peinlich, das zuzugeben – doch ja, er kannte es. Alle Kinder in der Fördergruppe am Donnerstag brachten am Geburtstag Kuchen mit, um mit allen zu feiern, und als Valencia an der Reihe gewesen war, hatte Virgil sich das Datum notiert.

Nur an Geburtstagen kam die ganze Gruppe zusammen. Normalerweise saß jedes Kind mit seinem speziellen Förderlehrer an einem Tisch, um an dem Problem zu arbeiten, das ihn in diese Gruppe gebracht hatte. Virgil traf sich donnerstags immer mit Miss Giegrich, um Mathe zu machen, während Valencia bei Mr. King war. Was Valencia allerdings zu lernen hatte, war Virgil nicht klar. Ihm kam sie wie ein schlaues Mädchen vor. Es hörte sich so an, als gingen die beiden einfach Valencias Hausaufgaben für die jeweilige Woche durch, um sicherzustellen, dass Valencia alles richtig verstanden hatte. Manchmal ließ Mr. King sie auch einfach während der ganzen Stunde lesen. Einmal gelang es Virgil, heimlich einen kurzen Blick auf ihr Buch zu werfen. Es hieß: *Ungezähmt. Jane Goodalls Leben in der Wildnis.* Abends googelte er den Namen Jane Goodall und fand heraus, dass sie die bedeutendste Expertin auf dem Gebiet der Schimpansenforschung war. Er nahm sich fest vor, das Buch ebenfalls zu lesen. Irgendwann.

»Sie ist Skorpion«, sagte er.

»Oh! Mutig und abenteuerlustig. Dynamisch, aber auch aufbrausend. Begeisterungsfähig und selbstsicher. Jetzt verstehe ich, wieso du dich nicht traust, V. S. anzusprechen. Sie ist so ganz anders als du.«

Virgil wusste, dass Kaori es nicht als Beleidigung gemeint hatte, aber ihre letzte Bemerkung hatte gesessen.

Kaori biss sich nachdenklich auf die Lippen. Gen schnappte sich ihr Springseil und zog die Enden straff. Virgil schaute nach Gulliver.

»Ich hab's«, sagte Kaori schließlich. Sie rutschte näher heran und lehnte sich vor, als wollte sie Virgil gleich die wertvollste Information aller Zeiten geben. So nah kam sie ihm, dass er ihr Minzkaugummi riechen konnte.

»Such dir fünf Steine, die alle unterschiedlich groß sind. Am Samstag bringst du sie mir, um Punkt elf Uhr vormittags. Klar?«

»Klar.«

»Ah, noch was.« Kaori griff in ihre Hosentasche. »Gehst du freitags noch immer mit Lola zum Supermarkt? Dem Super Saver?«

»Ja.«

Kaori hielt ihm eine Visitenkarte hin. »Wenn es dir nichts ausmacht, nimm die hier mit und häng sie für mich ans Schwarze Brett. Ich würde es ja selber machen, aber meine Eltern kriegen die Krise, wenn sie mitbekämen, dass ich wildfremden Menschen meinen Namen und meine Telefonnummer gebe.«

Virgil nahm die Karte entgegen.

Die Telefonnummer stand auf der Rückseite.

»Aber häng sie so auf, dass man sie gut sieht.«

Virgil versprach es.

8

Dramen zwischen Tiefkühltruhen

»Was bist du so still, *anak*?«, fragte Lola, als sie im Supermarkt in den langen Gang mit den Kühltruhen einbogen.

»Das bin ich doch immer«, sagte Virgil.

»Nicht, wenn du bei deiner Lola bist. Außerdem bist du anders still als sonst. Ich sehe es an deinen Augen.«

»Ich denke bloß nach.«

»Worüber?«

Virgil zögerte. »Über Malaya und das Krokodil.«

So richtig gelogen war das nicht.

Malaya war, laut Lola, ein junges Mädchen auf den Philippinen. Eines Tages kam sie in ein Dorf, in dem alle Menschen Hunger litten. Dieses Dorf lag an einem großen Fluss, an dessen Ufern es reichlich Obst und Gemüse gab. Doch niemand durfte sich etwas davon nehmen, weil alles dem Krokodil gehörte. Als nun Malaya in das Dorf kam, pflückte sie sich eine Guave vom Baum und fing an, sie zu essen. Die Dorfbewohner waren zu Tode erschrocken und sagten, das dürfe sie nicht, anderenfalls müssten sie alle sterben. Doch Malaya aß einfach weiter. Dann machte sie Feuer und bereitete darauf für alle Dörfler Gemüse zu. Die Leute hatten Angst, aber sie hatten auch Hunger, und so konnten sie nicht widerstehen. Nicht lange, und das Krokodil erschien und wollte wissen, wer von seinem Essen gegessen habe. Malaya trat vor, gefolgt von allen Dorfbewohnern. »Ich war das«, sagte sie und zeigte mit dem Daumen auf sich. So müsse es nun die Dörfler fressen, sagte das Krokodil, denn die hätten ihm alles weggenommen. Es öffnete schon sein Maul, die scharfen Zähne blitzten, da packte Malaya mit bloßen Händen eins der großen Holzscheite aus dem Feuer und stieß es dem Krokodil tief in den Rachen, sodass es starb.

Malaya fürchtete sich vor gar nichts.

Genau wie Valencia.

Um das zu wissen, musste Virgil nicht erst mit ihr reden. Das spürte er auch so.

»Wieso Malaya?«, fragte Lola und holte ihn auf

diese Weise ruckzuck aus dem Dorf der hungrigen Menschen zurück in den Supermarkt.

Es lag ihm auf der Zunge. Er war kurz davor, ihr zu sagen: »Ich muss an Malaya und das Krokodil denken, weil es in meiner Schule ein Mädchen gibt, das mich an sie erinnert. Sie heißt Valencia.« Doch genau in dem Moment geschah etwas Unglaubliches. Valencia bog um die Ecke. Genau hier, im Gang mit den Tiefkühlgerichten. Valencia Somerset. Sie trottete ein Stück hinter ihrer Mutter her und starrte mit ausdrucksloser Miene auf die TK-Knuspergitter. Weder Tochter noch Mutter sah gut gelaunt aus.

Es ist schon ein merkwürdiges Gefühl, wenn jemand, an den man gerade denkt, plötzlich völlig unerwartet vor einem auftaucht. So als ob Gedanken mit einem Mal lebendig würden. Das muss Schicksal sein, dachte Virgil. Er wusste nicht einmal, ob er an das Schicksal glaubte, aber jetzt schien es ihm naheliegend. Wie sonst sollte er sich so einen Zufall erklären? In den elf Jahren seines Lebens hatte er Valencia noch nie außerhalb der Schule getroffen. Bis heute. Oder vielleicht war er ihr mal begegnet, ohne sie zu bemerken.

»Zufälle gibt es nicht, Virgil Salinas.«

»Es ist sozusagen eure Bestimmung, Freunde zu werden.«

»Anak?«, sagte Lola und schob den Einkaufswagen ein Stück vorwärts, während sie gleichzeitig die Tiefkühlpizzen betrachtete. Joselito und Julius liebten Pizza, doch Lola konnte sich nie entscheiden, ob Pizza so eine gute Sache war. »Billig, aber Müll«, pflegte Lola über solches Essen zu sagen. »*Anak*, träumst du?«, fragte sie jetzt.

Valencia hatte Virgil nicht gesehen. Sie war vollauf damit beschäftigt, ihre Mutter zu ignorieren. Virgil kannte diesen Blick nur zu gut.

Aber was, wenn sie jetzt aufsah und ihn entdeckte? Würde sie ihn grüßen? Sollte er sie grüßen? Aber wie? Wie grüßt man jemanden, der Hörhilfen hat? Redete man ganz normal, oder machte man irgendetwas Besonderes? Er konnte ihr zuwinken. Bestimmt. Aber was dann? Was würde er nach seinem Hallo sagen?

Virgil fand sich plötzlich so auffällig, schnell stellte er sich hinter seine Großmutter. Er hatte doch keine Ahnung, was er tun oder sagen sollte. Was, wenn dies sein Schicksalstag war und er alles kaputtmachte, indem er … indem er so war, wie er nun mal war?

»Tut mir leid, Lola«, murmelte Virgil, »ich musste nur gerade an etwas denken, was am letzten Schultag los war.«

Lola schmiss die Kartons mit der Billigpizza in

den Wagen. »Was denn? Was war los?« An Klatsch und Tratsch, egal zu welchem Thema, war sie immer interessiert.

»Ähm«, sagte Virgil. »Mittags gab's grüne Bohnen.«

Lola zog die Augenbrauen hoch. »Wenn das die große Neuigkeit ist, dann brauchst du dringend ein aufregenderes Leben.«

Lola nahm noch einen Beutel Rosenkohl aus dem Gefrierschrank und warf ihn in den Wagen, den sie dann langsam weiterschob. Inzwischen waren nur noch vier Personen im Gang – Lola und Virgil und die Somersets.

War das Licht hier immer schon so grell gewesen?

Sich dauerhaft hinter Lola zu verstecken, war schwierig. Erstens war sie dünn wie eine Bohnenstange. Zweitens drehte sie sich genau jetzt um und fragte: »Was machst du da, Virgilio? Ay, Herr Jesus, du fährst mir gleich in die Hacken!«

Virgil blieb abrupt stehen.

Mrs. Somerset legte eine Tüte TK-Pommes in ihren Einkaufswagen. Valencia starrte weiter in die Tiefkühltruhe, als wäre das der Eingang in die geheime Welt von Narnia.

»Äh«, sagte Virgil.

Das Schicksal hatte ihm eine zweite Chance gegeben, und er? Wollte er sich weiter hinter seiner Lola verstecken?

Er schluckte. »Äh«, sagte er wieder. Jeden Moment konnte Valencia aufblicken und ihn entdecken, und dann müsste er etwas tun. Etwas sagen.

Ich mach's. Jetzt. Ich winke, oder ich sage Hallo. Ob das doof rüberkommt oder nicht, ist mir egal.

Es gibt keine Zufälle. Er tat einen Schritt nach vorn.

Als Valencia sich umdrehte und davonging, ohne ihn bemerkt zu haben, wusste Virgil nicht, ob er lachen oder weinen sollte.

Er atmete tief aus und sah zu Lola hinüber, die gerade Beutel mit TK-Erbsen in der Hand hielt und Marken oder Preise oder was auch immer verglich.

»Können wir bitte Eis kaufen?«, fragte er. Die Eispackungen standen ordentlich in Reih und Glied im Tiefkühler gegenüber. Wenn er schon ein Versager war und blieb, dann konnte er wenigstens eine kleine Freude haben. Schnell fügte er noch hinzu: »*Gutes* Eis.« Lola hatte die Angewohnheit, immer das Allerbilligste zu kaufen, dabei fand Virgil das völlig sinnlos. Die billigste Sorte kam in einem Plastikeimer mit dem dreifachen Inhalt im Vergleich zum guten Eis, aber es schmeckte nicht. Man sollte meinen, die dreifache Menge Eis würde auch dreimal so viel kosten, aber so funktionierte das in der Eiscremewelt offensichtlich nicht. Virgil jedenfalls hätte lieber weniger Eis gehabt, wenn es dafür besser schmeckte.

Lola starrte noch immer die Erbsen an.

»Erdbeer«, sagte sie.

Virgil hätte ja lieber Bourbon Vanille gehabt, aber er wollte sein Glück nicht aufs Spiel setzen.

Gerade ließ er seinen Blick über die Regale schweifen auf der Suche nach der allerbesten Sorte – einer mit Stückchen von echten Erdbeeren darin –, als plötzlich noch ein bekanntes Gesicht auftauchte und sich in der Glastür spiegelte.

Chet Bullens, Bulle – der Junge mit dem Boxergesicht, wie Lola zu sagen pflegte, obwohl sie ihn nie gesehen hatte –, stand gleich hinter ihm und redete mit seinem Vater.

Es war, als wollte die Boyd-Mittelschule ihre Vollversammlung im Super Saver abhalten. Ausgerechnet die beiden Menschen, die einen Großteil seiner Gedanken beherrschten, befanden sich hier unter demselben Supermarktdach mit ihm, neben den Sonderangeboten für Limonade *(Nimm zwei, zahl eine!)* und Mangos.

Bulle hatte ihn nicht gesehen. Noch nicht.

Sofort öffnete Virgil die Gefrierschranktür, sodass sie beschlug und die Gesichter der beiden Bullen (Senior und Junior) unsichtbar machte (vor allem aber sein eigenes!). So lange blieb er vor der geöffneten Tür stehen, bis er eine Gänsehaut an den Armen bekam und mit den Zähnen klapperte. Bis er ganz sicher war, dass die beiden Bullen weg waren. Bis Lola vom Ende des Gangs nach ihm rief: »Beeil dich, *anak*.«

Virgil schnappte sich die erstbeste Eispackung, ohne auch nur einen Blick darauf zu werfen.

9
Valencia

Für mich ist mein Name so etwas wie ein Schlachtruf: *Valencia! Valencia! Valencia!*

Ein guter, starker Name, egal, ob man ihn laut sagt oder hinschreibt. Der Name eines Menschen, der einen Raum betritt und sagt: »Hier bin ich!«, und nicht: »Wo seid ihr?«

Valencia Somerset – ein guter Name, wirklich. Mom hat mir erzählt, dass sie mich eigentlich Amy nennen wollten, aber beim ersten Blick auf mich hat sie erkannt, wer ich war: Valencia.

Mein Name gehört auch zu den wenigen Dingen, bei denen meine Mutter und ich einer Meinung sind.

Gerade jetzt können wir uns wieder mal nicht einigen: Wir stehen im Supermarkt bei den Tiefkühlprodukten, und sie greift doch tatsächlich nach den Steakhouse-Fritten statt den Kringelfritten! Das kann ja wohl nicht wahr sein! Wer steht denn auf Steakhouse-Fritten?

Ich tippe ihr auf die Schulter, damit sie mich ansieht, und frage: »Können wir nicht lieber Kringelfritten kaufen?«

Das dumpfe Brummen der Geräte dröhnt in meinen Hörhilfen und übertönt fast alles, was sie sagt, aber ich muss sie auch nicht gut hören, um zu verstehen, dass sie Nein sagt. Wenn ich erst älter wäre und mein eigenes Geld verdiente, könnte ich mir kaufen, was ich wollte. Bla bla bla …

Was soll's.

Ich hatte sowieso keine Lust mitzukommen. Erstens ist es langweilig im Supermarkt, und zweitens lässt sie mich nie das kaufen, worauf ich Lust habe. Aber ich musste mit, weil mein Vater noch nicht von der Arbeit zurück war und sie jemanden zum Ein- und Ausladen der Einkäufe brauchte. Diskutieren zwecklos. Man kann bei ihr nicht gewinnen – niemals. Also bin ich jetzt gegen meinen Willen hier, und das, wo ich sowieso schon schlecht drauf bin, weil ich heute Nacht doch wieder diesen Albtraum hatte. Als ich aufwachte, hat mein Herz so wild geklopft, dass ich dachte, es müsste mir gleich aus der Brust springen. Danach konnte ich nicht wieder einschlafen, und das heißt, ich bin seit vor dem Morgengrauen wach.

Das einzig Gute daran, wenn man so früh aufwacht, ist der Sonnenaufgang, den man dann sehen kann. Ein Sonnenaufgang ist etwas, das langsam und schnell zugleich passiert, und das gefällt mir am besten daran. Man muss nur den richtigen Moment erwischen. Wenn man das schafft, kann man zusehen, wie die Farbe des Himmels sich von Grau zu Flammendrot ändert, und dann weißt du: Jetzt ist Tag. Schluss mit der Dunkelheit.

Den einen Albtraum habe ich also überlebt, in dem anderen stecke ich noch mittendrin: mit meiner Mutter im Super Saver.

»Hol mir mal drei Avocados!«, sagt sie jetzt. Als wäre ich ihr persönliches Dienstmädchen! Sie zeigt mit der Hand in Richtung Obst & Gemüse. Die Abteilung ist gefühlt fünfhundert Gänge entfernt. Toll! Jetzt darf *ich* die Avocados suchen, dabei mag ich die nicht einmal.

Ich beschließe, mir Zeit zu lassen, gehe extralangsam und denke an all die coolen Sachen, die ich machen könnte, wenn ich nicht einkaufen müsste. Zum Beispiel könnte ich das Vogelnest vor dem Schlafzimmerfenster meiner Eltern beobachten. Zwei Küken sitzen darin. Es waren mal drei. Ich rede mir ein, dass das dritte sich auf eine spannende Reise nach Irgendwo aufgemacht hat, aber natürlich weiß ich es besser. Ich habe alles über Jungvögel gelesen und weiß, wie hart das Leben für sie sein kann. Es ist schwer, sich zu schützen, wenn man nicht fliegen kann. Mal fallen die Kleinen aus dem Nest, mal werden sie von einem anderen Tier geraubt und gefressen. Müsste ich nicht auf der Suche nach Avocados durch den Supermarkt irren, könnte ich zu Hause auf die beiden anderen Vögelchen aufpassen, auch wenn der Baum so hoch ist, dass ich nicht an das Nest heranreiche und mir schon wahnsinnig den Kopf verdrehen muss, um es wenigstens erspähen zu können. Trotzdem – immerhin würden sie wissen, dass jemand auf sie aufpasst. So wie der heilige René auf mich.

Auch wenn ich finde, dass Avocados seltsame und einfach eklige Früchte sind, bin ich doch supergut darin, perfekte Exemplare herauszusuchen. Man muss eine wählen mit einer dunklen, aber auch nicht *zu* dunklen Schale. Dann legt man sie sich auf die Hand und drückt sie, aber nur ganz zart. Wenn man zu fest drückt, bekommt das Fruchtfleisch lauter dunkle Flecken. Die Avocado darf nicht mehr hart sein, aber fest muss sie noch sein. Wenn sie zu sehr nachgibt, kann es sein, dass sie schon überreif ist, aber wenn sie nur leicht nachgibt, ist sie vermutlich reif und genau richtig zum Essen.

Als ich endlich drei perfekte Exemplare habe, kommt eine Lautsprecherdurchsage, die in meinen Hörhilfen dröhnt. Manchmal glaube ich, das Leben ist viel besser, wenn man den ganzen Lärm nicht hören kann. Ich verstehe nicht jedes Wort, aber »Sonderangebote der Woche« war dabei, glaube ich. Das heißt, jetzt kommt eine endlos lange Durchsage, ungefähr fünf Stunden lang. Ich bin nah an der automatischen Eingangstür, und so schlüpfe ich kurz hindurch, um dem Lärm zu entgehen. Aber dann fällt mir ein, dass ich ja die Avocados in den Händen halte, und weil ich nicht als Ladendieb festgehalten werden will, bleibe ich stehen und gucke auf das Schwarze Brett, so als wäre das von Anfang an mein Plan gewesen. Es war anscheinend doch nur eine kürzere Mitteilung, denn die Durchsage endet schon, als ich gerade etwas Interessantes entdecke.

Hellseherin? Keine Erwachsenen?

Das wusste ich bisher nicht, dass es Hellseher gibt, die auf bestimmte Altersgruppen spezialisiert sind.

Ich nage an meiner Unterlippe, starre ungefähr hundert Jahre auf die Wörter *Hellseherin* und *Keine Erwachsenen*, und so langsam kommt mir eine Idee.

Mir ist klar, dass Hellseher sich auf die Zukunft konzentrieren, aber die ist mir ziemlich egal. Was mir Sorgen macht, ist das Hier und Jetzt. Und hier und jetzt leide ich massiv unter Schlafmangel.

Auf der Rückseite der Karte steht eine Telefonnummer. Also ziehe ich mein Handy aus der hinteren Hosentasche und gebe mit einer Hand die Nummer ein. Ich muss höllisch aufpassen, dass mir die Avocados nicht aus der anderen Hand fallen. Wegen des Handys mache ich mir weniger Sorgen; meine Mutter hat mir extra diese Superschutzhülle gekauft, damit das Display nicht kaputtgeht, falls ich das Ding fallen lassen sollte. Allerdings sagte sie *wenn* und nicht *falls* – dabei habe ich noch nie im Leben etwas fallen lassen. Jedenfalls nichts, wovon sie weiß.

> Hi! Habe gerade deine Karte im Laden gesehen. Kennst du dich mit Träumen aus?

Ich warte. Im nächsten Moment wird die Sprechblase angezeigt. Sie schreibt also.

Ja. Ich weiß alles über Träume.
Ich habe Freud gelesen.
Willst du einen Termin?

Jemand rempelt mich an; ich stehe zu dicht an der Tür. Ich gehe näher ans Schwarze Brett und will gerade zurückschreiben, als mir dämmert, dass die Person, der ich schreibe, auch ein Massenmörder oder so sein kann. Dass Kaori Tanaka auf der Karte steht, heißt noch nicht, dass der Mensch, dem ich schreibe, auch wirklich Kaori Tanaka ist. Oder vielleicht ist es tatsächlich Kaori Tanaka, aber Kaori Tanaka ist eine Irre, die irgendeiner Klinik entsprungen ist und am liebsten Elfjährige zum Frühstück verspeist.

Wie alt bist du? Woher
weiß ich, dass du keine
verrückte Mörderin bist?

Ich bin zwölf.
Sei nicht albern.

Du hörst dich nicht an
wie zwölf.

Wieder poppt die Sprechblase auf.

Weil ich der wiedergeborene
Geist einer fünfundsechzigjährigen
Freiheitskämpferin bin.

Ich bin mir nicht sicher, ob mich das jetzt beruhigt oder nicht. Ich werfe wieder einen Blick auf die Visitenkarte.

Ich sollte erst mal in Ruhe darüber nachdenken.

Ich schiebe das Handy zurück in die Tasche und mache mich auf ans andere Ende des Ladens, um meine Mutter zu suchen. Unterwegs sehe ich einen Jungen aus meiner Schule, den mit dem Knautschgesicht. Chet heißt er, glaube ich. Das weiß ich, weil Mr. Piper gern die Namen von Kindern, die auffällig werden, an die Tafel schreibt. Ziemlich kindisch, finde ich, aber manche Lehrer behandeln uns immer noch wie Siebenjährige. Lehrer und Eltern haben viel gemein.

Jedenfalls steht der Name dieses Jungen andauernd an der Tafel, denn er führt sich meistens wie ein kompletter Vollidiot auf. Wie er mit Nachnamen heißt, weiß ich nicht, aber das ist auch egal. Für mich ist er sowieso nicht Chet; bei mir läuft er unter Knautschi. Besonders nett ist das nicht gerade, ich weiß, aber was soll ich sagen? Sein Gesicht ist wirklich total zerknautscht, so als würde er gerade an etwas Ekligem riechen. Er hat dicke Backen, in denen die Kugelaugen fast verschwinden. Wenn einer gemein ist, sieht man ihm das immer an. Bei manchen Leuten muss man allerdings sehr genau hingucken, um es zu entdecken. Bei anderen ist die Gemeinheit einfach ein Teil ihrer Gesichtszüge. Genauso ist es bei Chet.

Der ist also gerade auf dem Weg zu den Kassen, zusammen mit einer erwachsenen Knautschi-Version – seinem Vater, vermute ich mal –, während ich in entgegengesetzter Richtung an ihm vorbeigehe. Ich starre ihm direkt ins Gesicht, weil ich weiß, dass gleich irgendetwas kommt. Und so ist es auch. Er steckt sich zwei Finger in die Ohren, schielt fürchterlich und lässt die Zunge seitlich aus dem Mund hängen. Das macht er schon seit dem ersten Schultag. Seit er mitbekommen hat, dass ich gehörlos bin. Es wird wirklich Zeit, dass er sich was Neues einfallen lässt.

»Du bist so ein Vollidiot!«, sage ich.

Keine Ahnung, ob er es gehört hat oder nicht, ist mir auch egal.

Soll er doch!

10
Die Bullens-Boys

Schon irgendwie seltsam, dass jemand nichts hörte. Normal war das jedenfalls nicht. Ganz schön frech war dieses Mädchen auch.

Chet hatte den Verdacht, dass Valencia gar nicht wirklich gehörlos war. Vielleicht tat sie nur so, damit sie heimlich alle Leute belauschen konnte. Außerdem konnte sie Lippen lesen, und das war echt gruselig. Vermutlich tat sie das bei allen in der Schule und schrieb die geflüsterten Geheimnisse der Mitschüler auf.

Garantiert wusste sie alles, zum Beispiel wer aus dem Automaten in der Schule Getränke und Süßigkeiten geklaut hatte oder wer Schimpfwörter in die Tische geritzt hatte. Bei dem Gedanken kriegte

Chet eine Gänsehaut, schließlich hatte er beides schon getan.

Chet blickte zu seinem Vater hoch. Der war inzwischen im Freizeitlook, wie Chets Mutter das nannte: schwarze Baumwollhosen, Hemd mit offenem Kragen, kein Schlips. Chet war sich nicht hundertprozentig sicher, was sein Vater eigentlich arbeitete, aber was immer es war, Chet wollte später mal dasselbe machen. Irgendwas mit dem Vertrieb von irgendwelchen Produkten hatte es zu tun, und es machte Mr. Bullens so wichtig, dass er manchmal sogar an so weit entfernte Orte wie Europa oder Seattle reisen musste.

Ein kluger Mann hat auf alle Fragen eine Antwort, sagte Mr. Bullens gerne. So verschafft man sich Respekt: Man weiß mehr als andere und bringt das, was man weiß, anderen bei, die nicht so schlau sind. Und noch etwas sagte Mr. Bullens oft: Respekt gibt es in zwei Geschmacksrichtungen – Furcht oder Bewunderung. Manchmal auch in einer Mischung aus beidem. Ohne diesen Respekt war man ein Schwächling, einer ganz unten in der Hackordnung, jemand, der leicht zertreten wird.

Deswegen stellte Chet seinem Vater so gerne Fragen. Weil er immer eine Antwort bekam. Weil er immer etwas Neues lernte.

»Wie kommt es, dass manche Leute nichts hören?«, fragte er jetzt.

Mr. Bullens blieb stehen und griff nach einer Familienpackung Doritos. Er liebte diese Tortilla-Chips. Manchmal ließ er Chet die Chips für zu Hause aussuchen, egal welche, aber Chet nahm auch dann immer Doritos, obwohl er Cheetos insgeheim viel leckerer fand.

»Keine Ahnung. Kann wohl viele Gründe haben«, sagte Mr. Bullens und warf die Chipspackung in den Wagen. »Manche Leute kommen eben mit einem Defekt zur Welt. Wieso? Hast du so jemanden gesehen?«

Chet warf unauffällig einen Blick über die Schulter. Valencia war nicht mehr zu sehen. Aber ihren Blick spürte er immer noch.

Mit dem Mädchen stimmte was nicht. Eindeutig. Taube Leute waren einfach seltsam, das war alles.

»Äh, nur so«, antwortete er.

»Ein paar arbeiten sogar hier im Laden. Der Supermarkt gibt solchen Leuten manchmal einen Job. Reine Gefälligkeit, verstehst du. Behinderte sind oft nicht ganz richtig im Oberstübchen« – dabei tippte Mr. Bullens sich an die Stirn –, »aber Einkäufe in Plastiktüten packen, das schaffen sie noch.«

Chet nickte.

»Gestern Abend habe ich gehört, wie du in der

Einfahrt Werfen geübt hast«, sagte Mr. Bullens, während sie an den Keksen und Crackern vorbeigingen. Mr. Bullens' Blick streifte über alles hinweg, ohne dass er irgendetwas richtig ansah. »Du trainierst immer noch, wie?«

Chet spürte, wie ihm ganz heiß am Hals wurde. Jetzt bloß nicht rot werden, dachte er.

»Ja. Ich hab mir überlegt, wenn ich den ganzen Sommer trainiere, dann schaff ich's vielleicht diesmal in die Mannschaft. Das Probetraining ist erst im Herbst, das heißt …« Er zuckte mit den Schultern. Wenn er die Sache scheinbar auf die leichte Schulter nahm, würde der Vater nicht merken, wie wichtig ihm das war. Über ungelegte Eier sollte man nicht reden. Irgendwo hatte er den Spruch mal gehört.

»Der Trainer wird die Blamage vom letzten Jahr nicht vergessen haben«, sagte Mr. Bullens. Sie betraten den Kassenbereich, und der Vater checkte mit einem Blick, wo die Schlange am kürzesten war. Chet folgte ihm auf den Fersen.

»Wie viele Körbe hast du gestern Abend gemacht?«, fragte sein Vater.

Chet schob die Hände in die Hosentaschen und blieb etwas zurück, während sein Vater auf Kasse sieben zusteuerte.

»Jede Menge«, sagte er und räusperte sich. »Irgendwann habe ich nicht mehr mitgezählt.«

Mr. Bullens drehte sich mit einem breiten Lächeln zu seinem Sohn um. Dann schlug er ihm kräftig auf die Schulter und kniff ihn in den Nacken. »Wir können nicht alle Basketballstars werden. Du findest schon noch die Sportart, die zu dir passt. Nur eben nicht Basketball, das steht mal fest.«

Chets Vater wandte seine Aufmerksamkeit jetzt dem Laufband zu. Die Frau vor ihm hatte es vollgepackt mit tiefgekühlten Fertiggerichten, abgepackten Kuchenstückchen und mehreren Zweiliterflaschen Limonade. Die Frau war dick und sah in ihrem Hauskleid noch dicker aus.

Mr. Bullens beugte sich zu seinem Sohn und sagte leise: »Die sollte mal lieber mehr Gemüse kaufen, wie?« Dann lachte er.

Die Frau warf ihm einen bösen Blick zu, ganz ähnlich dem, mit dem Valencia Chet angeschaut hatte. Ob die Frau die Bemerkung des Vaters wohl gehört hatte? Hoffentlich. Manchmal lernten Menschen nur dadurch, dass man sie blamierte und dadurch aufweckte. Sie dazu brachte, ihr fehlerhaftes Verhalten zu erkennen. Jedenfalls sagte Chets Vater das immer. In seiner Gegenwart stellten Menschen sich normalerweise gerader hin.

Chet lachte auch. »Genau.«

Die Frau vor ihnen hatte einen Großeinkauf gemacht, deswegen dauerte es eine ganze Weile, bis die Bullens-Boys ihre Sachen aufs Band legen konnten: Hot Dogs, Doritos, Hackfleisch, Waffeleis, Butterpopcorn, Salzcracker und zwei Schokoriegel.

Der pickelige junge Mann an der Kasse war langsam und umständlich. Auf dem schief an der Hemdtasche klemmenden Namensschild stand sein Name – Kenny – und darunter: Auszubildender.

»Bis wir hier rauskommen, ist mein Sohn mit der High School fertig«, sagte Mr. Bullens.

Um zu zeigen, dass das ein Witz sein sollte, lachte er wieder laut.

»Sogar mit dem College«, fügte Chet hinzu, aber so leise, dass nur sein Vater ihn hörte.

11
Hüte dich vor der Farbe Rot

Meerschweinchen haben keinen festen Schlafrhythmus, auch das wusste Virgil aus dem Internet. So kleine und schwache Tiere waren leichte Beute für größere, und das bedeutete, dass sie jederzeit wachsam sein mussten. Viel Zeit für erholsamen Schlaf blieb da nicht. Meerschweinchen wie Gulliver schliefen immer nur in kurzen Intervallen von einer Viertelstunde. Virgil konnte auch nie mit Sicherheit sagen, wann Gulliver schlief, denn der hatte die Augen immer offen. Außerdem verbrachte er viel Zeit versteckt in seinem Baumhaus aus Plastik. Das hieß aber nicht, dass Gulliver leise war. Er blieb zwar bei seinem instinktiven Verhalten, fühlte sich aber auch wohl genug in seinem

Käfig, um darin herumzulaufen. Und dabei machte er ziemlich viel Lärm. Zum Beispiel klapperte er gerne mit seiner Wasserflasche. Dieses Geräusch war es auch gewesen, das Virgil am Samstagmorgen um sieben geweckt hatte.

Klapp, klapp. Klapp, klapp.

»Oh Mann, Gulliver!«, murmelte Virgil und zog sich die Bettdecke über den Kopf. Doch es war zwecklos. Er war hellwach.

Vielleicht war es auch gut so. Jetzt konnte er in aller Ruhe frühstücken und Gulliver einpacken und hatte dann noch reichlich Zeit, die fünf Steine zu suchen. Zum x-ten Mal fragte er sich, was Kaori wohl damit vorhatte. Vielleicht würde sie sie ihm an den Kopf knallen, damit er endlich aufhörte, solche Sachen zu machen, wie sich im Supermarkt hinter Gefrierschranktüren zu verstecken.

Er stand auf, reckte und streckte sich und zog die Zimmertür auf. Alles still. Gut.

Um keinen Lärm zu machen und niemanden aufzuwecken, schlich er auf Zehenspitzen durch den Flur. Das tat er sich selbst zuliebe, nicht wegen der anderen. Seine Eltern und Brüder waren zu jeder Tageszeit schwer erträglich, aber so früh am Morgen war es am schlimmsten.

Jetzt herrschte Stille im ganzen Haus.

Wunderbar!

Virgil war so froh über die ungewohnte Ruhe in diesem sonst so unruhigen Haus, dass er direkt auf den Kühlschrank zusteuerte, ohne einen Blick zum Esstisch hinüberzuwerfen. Gerade hatte er eine großartige Entdeckung gemacht: Er konnte in dieser Stille seine Gedanken hören. Niemand redete laut oder lachte noch lauter. Niemand nannte ihn Turtle.

Er griff nach der Milch. Dieser Tag begann wirklich wundervoll.

Er würde still am Tisch sitzen, sein Zimtmüsli essen und über den Tag, der vor ihm lag, nachdenken. Die fünf unterschiedlichen Steine würde er später in dem Wäldchen suchen, das in der Nähe von Kaoris Haus lag. Eigentlich sollte er nicht allein in den Wald gehen, aber er wusste, einen besseren Ort gab es nicht, um passende Steine zu finden. Klar, er hätte sich auch welche aus dem Garten hinterm Haus klauen können, aber irgendwie fühlte sich das nicht richtig an. So als zählte es dann nicht. Er war sich nicht sicher, ob Kaori Steine aus dem Garten in Ordnung fände.

»Du nimmst zu viel Milch!«

Virgil zuckte zusammen. Ein Schuss Milch verfehlte das Müsli und landete – *platsch* – auf der Küchentheke.

Lola saß am Küchentisch und las eine Zeitschrift.

»Hast du mich erschreckt!«, sagte Virgil.

»Guck dich immer gut um, wenn du einen Raum betrittst«, antwortete Lola. »Schau in alle Ecken. Lass dich nie überraschen.«

»Ich war in Gedanken«, sagte Virgil. Er wischte die Küchentheke trocken, stellte die Milchpackung in den Kühlschrank zurück und trug sein Müsli zum Tisch. Lola hatte recht gehabt, er hatte zu viel Milch genommen. Die Schüssel war randvoll.

Lola legte ihre Zeitschrift beiseite und kniff die Augen zusammen. »In letzter Zeit denkst du ziemlich viel nach. Was geht da vor sich in deinem Köpfchen? Und komm mir nicht wieder mit diesen grünen Bohnen!«

Virgil zögerte. Er wollte nicht über Valencia sprechen. Er war noch nicht so weit. Zu diesem Thema wollte er Lolas Rat ausnahmsweise nicht hören.

Aber es konnte nicht schaden, ihre Meinung zu ein paar anderen Fragen zu kennen.

Virgil schob sich einen großen Löffel Müsli in den Mund, dann sagte er: »Glaubst du an Schicksal?«

Lola lehnte sich zurück. »O ja!«, sagte sie. »Natürlich.«

»Das heißt, du glaubst, dass alles, was passiert, einen Grund hat?«

»Ay, Virgilio, red nicht mit vollem Mund. Aber zu deiner Frage: Ja, das glaube ich. Alle guten Dinge haben ihre Ursache. Genau wie die schlechten.«

Virgil schluckte. »Wieso musst du immer von schlechten Dingen anfangen?«

»Ohne schlechte Dinge gäbe es auch keine guten. Dann wäre alles gleich. Hast du dir das mal überlegt?«

»Nein.« Virgil starrte in sein Müsli. »Ich glaube nicht.«

»Ich glaube auch an Zeichen, Virgilio.« Dabei zog sie eine Augenbraue hoch, so als hütete sie ein tiefes Geheimnis.

»Was für Zeichen?«

Lola beugte sich vor. »Heute Nacht habe ich von einem Jungen geträumt, der Amado hieß. Er lief gerade über eine Wiese, als er auf einmal einen leuchtend roten Baum sah. Er war so fasziniert von dem Baum, dass er beschloss, zu ihm zu gehen, auch wenn alle Leute ihn warnten. ›Nein, nein, Amado. Geh nicht!‹, sagten sie. ›Der Baum ist böse. Sehr böse.‹ Doch Amado hörte nicht auf sie. Nie zuvor hatte er so einen Baum gesehen. Und so ging er weiter.« Lola tippte mit einem Finger auf die Tischplatte, so als wollte sie Virgil zeigen, wo Amado stand. »Da geht er, ohne auf die Leute zu achten. Und weißt du, was passiert?«

Virgil hob seinen Löffel voll Milch an die Lippen und schlürfte. »Der Baum hat ihn gefressen?«

»Genau.« Lola lehnte sich zurück. »Weißt du, was der Traum mir sagen sollte? Welches Zeichen er mir gegeben hat?«

»Geh nicht zu Bäumen, wenn alle dich warnen?«

»Nein. Hüte dich vor der Farbe Rot.«

»Vor der Farbe Rot?«

»Nur heute.« Sie zeigte auf Virgil. »Das ist heute mein Rat für dich. Du denkst daran, Virgilio, ja?«

»Ja, Lola«, sagte Virgil vor dem nächsten Löffel Milch. »Ich denke dran.«

12
Valencia

Bei uns im Flur gibt es eine spezielle Lampe, die blinkt, sobald jemand an der Tür läutet. Heute Morgen bin ich aufgewacht und sah an der halb offenen Tür vorbei das Blinklicht. Ich weiß zwar nicht, was für ein Sadist an einem Samstagmorgen um halb acht bei anderen Leuten klingelt, aber das werde ich gleich wissen, denn außer mir ist noch keiner wach. Das weiß ich, weil das Haus sich so anfühlt. So als ob selbst die Wände noch schliefen.

Barfuß gehe ich durch den Flur. Meine Hörhilfen setze ich nicht ein. Ein Mann mit einem leicht ergrauten Schnurrbart und ein Mädchen mit braunen Augen und Sommersprossen stehen vor unserer Tür. Beide haben irgendwelche Broschüren unter dem Arm. Nach dem Weg wollen sie garantiert nicht fragen, sie sehen nicht so aus, als hätten sie sich verlaufen. Im Gegenteil, sie sehen aus wie Leute, die genau da sind, wo sie hingehören. Was ein bisschen seltsam ist, weil ich sie noch nie gesehen habe. Der Mann grüßt und stellte sich und das Mädchen vor, aber weil er diesen Schnurrbart hat, verstehe ich ihn ganz schlecht. Ich glaube, er heißt Craig oder Greg. Das Mädchen hat einen ganz unverständlichen Namen. Einen mit E am Anfang. Einen, bei dem man die Lippen kaum bewegt, wie Enid.

Bevor der Mann und sein Schnurrbart weitermachen, zeige ich auf meine Ohren und schüttele den Kopf, um ihm klarzumachen, dass ich nicht hören kann, und er glotzt mich an, als würden mir gerade Ranken aus dem Kopf wachsen. Er drückt mir eilig eine seiner Broschüren in die Hand, dann treten er und das Sommersprossenmädchen von der Tür zurück und winken mir kurz zum Abschied zu. Der Mann bewegt jetzt die Lippen so übertrieben, dass ich alle seine Zähne sehe, als er sagt: »Hat mich gefreut.«

Das kann man leicht von den Lippen ablesen; schließlich sagt das jeder zum Schluss. Ich merke auch, dass er extralaut spricht. Als würde das irgendetwas ändern. Im Gehen dreht das Mädchen sich noch einmal um und starrt mich an, als wäre ich ein seltenes Tier im Zoo. Ich überlege kurz, ob ich ihr die Zunge rausstrecken soll, lasse es aber bleiben. Der nächste Schock wartet ohnehin schon auf die beiden, denn ich sehe, wie sie auf das Haus unserer Nachbarin zusteuern. Mrs. Franklin mag Überraschungsbesuch so gar nicht. Außerdem hat sie drei Katzen, und zwar die gemeinsten, die du je gesehen hast. Auf ein Wort von Mrs. Franklin reißen die dem Typen mit ihren Krallen den Schnurrbart ab. Das könnte ich mir vorstellen.

Ich schließe die Tür und sehe mir die Broschüre an. Scheint irgendetwas Frommes zu sein. Auf der Titelseite steht in fetten Großbuchstaben: NUR WER LAUSCHT, KANN DAS WORT HÖREN. Im Grunde ist das schon lustig. Aber es ist auch ein Jammer, dass Craig/Greg nicht dageblieben ist, um mit mir zu sprechen, denn ich könnte wetten, dass nicht viele Leute bereit sind, ihm zu lauschen. Schon gar nicht an einem Samstagmorgen um halb acht. *Ich* hätte ihm zugehört.

Wenn sie geblieben wären, hätte ich ihnen lauter Fragen gestellt – nach ihrer Kirche und nach dem, was sie da so machen. Ich hätte sie gefragt, ob sie sich Gott als einen Jungen oder ein Mädchen oder als einen alten Mann mit weißem Bart vorstellen. Dann hätte ich sie noch gefragt, ob sie vom heiligen René gehört haben. Wenn nicht, hätte ich ihnen von ihm erzählt. Ich hätte ihnen vielleicht auch Kaffee kochen können; ich kann das nämlich. Außerdem hätte ich sie noch gefragt, um welche Uhrzeit ihr Gottesdienst anfängt und ob sie auch taufen – und falls ja, wie.

Stattdessen starre ich wie eine Blöde auf die Broschüre. Dann werfe ich sie in der Küche in den Müll. Von meinen Eltern interessiert sich sowieso keiner dafür, das weiß ich.

Mein Vater kommt durch den Flur geschlurft. Wie immer nach dem Aufwachen kratzt er sich erst mal im Nacken.

»Wer war an der Tür, Schneckchen?« Ich bin sicher, dass er das gesagt hat, weil es naheliegend ist und weil er immer Schneckchen zu mir sagt. Vermutlich sollte ich den Namen hassen, weil er so babyhaft ist, aber ich hoffe, er nennt mich noch so, wenn ich richtig alt bin, sagen wir dreißig.

»Leute von irgend so einer Kirche«, sage ich, ziehe die Broschüre aus dem Müll und zeige sie ihm. Er rollt nur mit den Augen.

»Was hast du heute vor?«, fragt er und geht gähnend in die Speisekammer, um sich seine Getreideflocken zu machen. Das tut er jeden Morgen. Manchmal macht er sich sogar zum Abendessen noch mal eine Portion. Kein Mensch isst mehr von dem Zeug als mein Vater. Dazu kommt noch, dass er am liebsten völlig überzuckerte Sorten mag, solche, von denen einem die Zähne verfaulen. Zumindest behauptet das meine Mutter. Aus irgendeinem Grund stört es sie total, dass er andauernd diese Getreideflocken isst. Das sei doch kein richtiges Essen, sagt sie.

»Ich geh mit meinem zoologischen Notizbuch raus und mache Erkundungen«, sage ich.

Dass ich auch zu Kaori will, erwähne ich nicht.

Es hat sich herausgestellt, dass mein Wunsch, Hilfe gegen meine Albträume zu finden, größer ist als meine Angst vor Wahnsinnigen. Ich habe beschlossen, es einfach darauf ankommen zu lassen. Wir sind für ein Uhr verabredet. Für Punkt eins übrigens. Pünktlichkeit scheint für Kaori Tanaka superwichtig zu sein, weswegen ich glaube, dass sie vielleicht doch keine Mörderin ist. Wenn sie das wäre, dann hätte sie sicher größere Sorgen als ausgerechnet Pünktlichkeit.

Sicherheitshalber habe ich ihr nicht meinen richtigen Namen genannt. *Renée* habe ich gesagt, als sie fragte. Sie wollte dann noch meinen Nachnamen wissen. *Nur Renée*, habe ich gesagt. Auf die Schnelle fiel mir nichts Passendes ein.

Mein Vater kippt sich Milch über sein Cap'n Crunch, und ich gehe zurück in mein Zimmer.

Vielleicht schlafe ich ja noch mal ein. Es ist noch so früh, und richtig wach bin ich auch noch nicht.

Ich schüttele meine Glaskugel, und bevor die Fledermäuse alle wieder am Boden sind, liege ich schon unter meiner Decke.

Kaori wohnt nicht weit von mir, das ist schon mal gut. Anderenfalls hätte ich nicht gewusst, wie ich zu ihrem Haus kommen sollte. Sie wohnt gerade auf der anderen Seite vom Wald, und das ist erst recht ein glücklicher Zufall, weil ich diesen Wald so gut kenne wie mein eigenes Zimmer. Zum Beispiel gibt's da eine spezielle Lichtung, auf der man in der Abenddämmerung Murmeltiere beobachten kann. Und es gibt einen alten Brunnen, der nicht mehr in Betrieb ist und kein Seil und keinen Eimer mehr hat. Das zeigt mir, dass da, wo jetzt der Wald ist, früher mal ein Haus stand, mitten auf dem freien Feld, was wiederum heißt, dass die Bäume noch jung sind, jedenfalls für ihre Verhältnisse. Es gibt Platanen, Pappeln und Sumpfeichen. Eine Gruppe von Bäumen bekommt im Herbst leuchtend gelbes Laub. Das ist einer meiner Lieblingsplätze; da sitze ich meistens, wenn ich meine Aufzeichnungen mache. Einmal bin ich sogar durch den ganzen Wald gelaufen, bis ich auf der anderen Seite wieder herauskam und in einem Stadtviertel stand, das ich nicht kannte. Vielleicht habe ich Kaoris Haus damals sogar schon gesehen. Man weiß ja nie.

Sie sollte in ihrem Vorgarten ein Schild aufstellen oder so. Um Kunden anzulocken.

Als ich die Augen zumache, fällt mir wieder diese Broschüre ein. Ich frage mich, wo die Kirche von diesem Schnurrbartheini ist. Wieso habe ich ihn nicht gefragt?

Na gut, dann stelle ich mir einfach vor, ich wäre in seiner Kirche. In Gedanken sitze ich in einer Bank – hätte die Kirche vom Schnurrbartheini eher Bänke oder eher Stühle? – , schaue auf zu einem enorm großen Altar und spreche zum heiligen René. Er sieht mich wenigstens nicht an, als würden mir Ranken aus den Ohren wachsen. Er versteht mich nämlich. Ich versuche mir den heiligen René mit Hörhilfen in beiden Ohren vorzustellen, solchen, wie ich sie habe.

»Lieber heiliger René«, sage ich. »Ich habe mir noch mal Gedanken gemacht über das Thema ›Alles im Alleingang machen‹, und ich bin mir nicht mehr so sicher, ob das wirklich so eine gute Idee ist. Es wäre doch schön, wenn ich nicht allein zum Haus von Kaori Tanaka gehen müsste, für den Fall, dass sie doch jemand ist, der Elfjährige zum Frühstück verschlingt. Letzte Nacht habe ich den Albtraum nicht geträumt, und das ist gut, weil ich heute hellwach sein muss. Vielleicht ist Kaori eine Massenmörderin, vielleicht auch nicht. Falls aber doch, dann beschütze mich bitte. Danke. Amen. Ich weiß nicht, ob ich am Ende Amen sagen muss, aber es hört sich gut an. Also: Amen.«

13
Schlangen

Als Chet am Samstagmorgen aufwachte, dachte er als Erstes an Schlangen. John Davies hatte nämlich behauptet, er hätte im Wald nahe der Schule eine Schlangenhaut gefunden, und Chet hatte die Absicht, ihn zu übertrumpfen. Er würde nicht einfach die Haut einer Schlange finden. Er würde gleich eine ganze Schlange fangen.

Er wusste auch schon, wie er das anfangen würde. Erst einmal würde er sich einen langen, kräftigen Stock suchen. Dann würde er sich nach Stellen umsehen, an denen Schlangen sich gerne aufhalten, im Gebüsch oder im hohen Gras. Dort würde er dann herumstochern – aus gehörigem Abstand natürlich, er war ja nicht blöd –, bis die

Schlange den Kopf hob, zischte oder was Schlangen sonst so taten. Sobald sie sich dann aufrichtete, um ihn anzugreifen, würde er sie packen, und zwar beim Schwanz, damit sie ihn nicht biss, um ihr dann die andere Hand so schnell wie möglich um den Hals zu legen. Er war schnell. Schneller als eine Schlange auf jeden Fall. Und Angst hatte er auch keine.

Heute würde es passieren. Dieser Tag war dafür bestimmt.

Was er an Schlangen am tollsten fand, war, dass sie ihre Beute unzerkaut verschlangen. Viele Leute hatten Angst vor Schlangen, aber das bewies nur, was für Feiglinge sie waren. Er selbst hingegen war keiner. Letztes Jahr hatte er beim Schulausflug in den Zoo eine Boa constrictor in den Händen gehalten, obwohl seine Lehrerin, Miss Bosch, und der Wärter des Reptilienhauses, Mr. Frederick, gesagt hatten, so eine Schlange könne einem Menschen die Knochen brechen, wenn sie sich um ihn wand.

»Ihr seid doch alle Feiglinge«, hatte Chet jeden in Hörweite wissen lassen. »Habt Angst vor so einer kleinen Schlange.«

David Kissler hatte die Arme vor der Brust verschränkt. »Ich finde sie nicht klein«, sagte er.

»Das war ja klar, Kissler, dass du Schiss davor

hast«, hatte Chet gespottet. »Du kannst ja nicht mal zehn Schritte rennen, ohne tot umzufallen.«

David war klein und hatte Asthma, weswegen er immer einen Inhalator dabeihatte.

Chet blies sich auf und fuhr fort: »Außerdem, mir würde die nichts tun, die weiß, wer hier der Boss ist.«

Langsam taten Chet die Arme weh vom Gewicht der Boa. Er ließ sich zwar nichts anmerken, widersprach aber auch nicht, als Mr. Frederick ihm das Tier abnahm, um es zurück ins Terrarium zu tun.

In dem Moment hob diese Valencia die Hand. Ganz schön dreist von der, auch noch Fragen zu stellen, dachte Chet.

Als Mr. Frederick sie aufrief, fragte sie: »Können Schlangen hören?«

Fast die ganze Klasse kicherte. Chet auch.

David lachte nicht, er funkelte alle böse an und sagte »Könnt ihr mal die Klappe halten?« in die Runde. Chet fand das ziemlich dreist von einem Jungen, der nicht größer als ein Erstklässler war und dauernd an seinem Inhalator nuckelte, andere zurechtzuweisen.

Tatsächlich waren alle jetzt still, sogar Chet, aber auch nur, weil Mr. Frederick zu seiner Antwort auf Valencias Frage ansetzte.

»Ausgezeichnete Frage«, sagte Mr. Frederick.

»Schlangen haben keine Ohren, aber sie können trotzdem hören, und zwar durch Vibrationen, die sie über die Haut aufnehmen. Diese Vibrationen dringen bis zum Innenohr der Schlange vor, und so kann die Schlange Schall wahrnehmen. Das klingt nicht so wie das, was wir hören. *Wie* es sich aber anhört, das können Wissenschaftler noch nicht mit Sicherheit sagen.«

War mal wieder typisch, dachte Chet, dass dieses Mädchen ausgerechnet nach den Ohren fragte, wo doch ihre eigenen nicht einmal funktionierten. Oder aber sie trug diese auffälligen Hörhilfen sowieso nur, um sich interessant zu machen. Sie versuchte nicht einmal, die Dinger zu verstecken; das bewies ja schon, dass Chet recht hatte. Außerdem ging sie donnerstags immer in die Fördergruppe, da war Schule sowieso viel leichter als im Regelunterricht. An den übrigen Tagen trugen die Lehrer spezielle Mikrofone, die auf Valencias Hörhilfen abgestimmt waren. Die Lehrer riefen sie auch nicht auf oder holten sie nach vorn an die Tafel. Das taten sie nur, wenn Valencia die Hand hob. So viel zum Thema Gleichbehandlung. Chet hingegen hatten sie ständig auf dem Kieker. »Setz dich nach vorn. – Hör auf damit! – Lass deine Mitschüler in Ruhe. – Wo sind deine Hausaufgaben?«

Diese Valencia war eine Hochstaplerin, sonst gar nichts.

Chet beobachtete sie, während sie aufmerksam die Boa ansah. Vielleicht benutzte sie die Hörhilfen auch, um Kontakt mit einer anderen Welt aufzunehmen. Vielleicht war sie eine Hexe oder machte zu Hause Voodoo oder so. Womöglich sprach sie im Kopf mit Menschen oder Tieren. Alles total merkwürdig.

Als die Klasse den Reptilienraum verließ, blieb Valencia zurück, um die Schlange weiter zu beobachten, und niemand forderte sie auf, sich in Bewegung zu setzen. Nicht einmal Mr. Frederick sagte etwas. Es war, als wäre sie unsichtbar.

Dieses Mädchen konnte sich aber auch alles herausnehmen.

14

Das Universum weiß alles

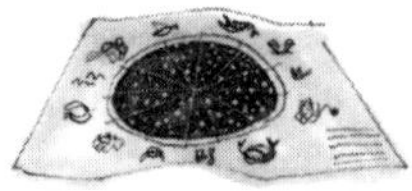

Möbel waren völlig unwichtige Gegenstände und verstopften nur das Geisterzimmer. Deshalb wollte Kaori so wenig wie möglich davon haben. Zu einem Bett hatten ihre Eltern sie zwar gezwungen, aber immerhin hatte Kaori sie überzeugen können, die Kommode hinauszuwerfen; die stand jetzt in der Garage. Der Wandschrank quoll entsprechend über, aber das war es wert. Der so gewonnene freie Blick erlaubte es Kaori, von verschiedenen Blickwinkeln aus auf ihre Sternenkarte zu blicken. Genau das tat sie auch an diesem Samstagmorgen um acht, nachdem sie ihre Schwester dazu gebracht hatte, sich aus dem Bett zu quälen. Es gab eine wichtige Frage zu bedenken: Wie brachte man

Fisch und Skorpion zusammen, ohne sich in das von den Sternen bestimmte Schicksal einzumischen? Das war eine heikle Geschichte. Den Einfluss des Magnetismus auf das Schicksal zu nutzen, war eine Sache. Aber das Universum zu manipulieren, wie es einem gerade passte, war etwas ganz anderes. Kaori brauchte einen Plan.

»Die Sterne stehen günstig für die beiden«, sagte sie. Breitbeinig, mit gestrafften Schultern, die Hände in die Seiten gestemmt, so stand sie vor ihrer Sternenkarte.

»Woran siehst du das?«, wollte Gen wissen. Sie stand genauso da wie ihre Schwester, nur hatte sie ihre Schlafanzughose auf links gedreht und sich ihr Springseil wie eine Schärpe um die Taille gewickelt. »Für mich sind das bloß lauter Punkte und Linien.«

Kaori seufzte. »Das habe ich dir doch schon eine Million Mal erklärt. Die Punkte sind Sterne, die Linien zeigen die Sternbilder. Aber genau genommen sind das keine Linien. Das sind Bilder. Siehst du das hier? Das ist der Orion. Diese drei Sterne hier bilden seinen Gürtel. Orion ist ein Jäger. Siehst du das nicht?«

Gen legte den Kopf schief, erst nach rechts, dann nach links. »Für mich sind das trotzdem Linien.«

»Das hier sind Andromeda und Pegasus, siehst

du?« Kaori zeigte auf eine Reihe von Punkten auf der Sternenkarte.

»Die erkenne ich, aber auch nur, weil die Namen direkt daneben stehen. Sonst sehe ich immer noch Linien.«

Kaori seufzte wieder. »Vergebt ihr!«, sagte sie zu den Geistern ihrer Ahnen.

»Und wie soll uns das jetzt dabei helfen herauszufinden, was wir tun sollen?«

»Die Sterne sagen es uns. Das ist das Schicksal. Alles steht in den Sternen. Deshalb gibt es auch keine Zufälle.«

Gen kniff die Augen zusammen und starrte die Karte an. »Steht mein Schicksal auch da drin?«

»Klar. Dein Schicksal ist es, mir dabei zu helfen, eine Lösung zu finden.«

»Ich dachte, Virgil bringt uns einfach irgendwelche Steine mit, und wir machen ein bisschen Abrakadabra.«

»Nicht *irgendwelche* Steine.«

»Ist doch egal.«

»Ist es nicht.«

»Wieso denn nicht?«

Kaori kratzte sich am Kopf. »Lieber Himmel, Gen, kannst du mich mal in Ruhe nachdenken lassen? Du hast doch keine Ahnung, wie schwer das ist, diese beiden Sternzeichen zusammenzubringen.«

»Vielleicht sollen sie ja gar nicht Freunde werden. Dass sie dieselben Initialen haben, heißt doch gar nichts. Ich habe dieselben Anfangsbuchstaben wie Gertrude Tomlinson, und ich kann sie nicht ausstehen. Sie hat drei von meinen rosa Glitzerstiften kaputt gemacht und sich nicht mal entschuldigt. Außerdem hat sie die Radiergummis abgekaut! Eklig!«

»Diese beiden *sollen* Freunde sein. Das weiß ich. Es ist ihr Schicksal«, beharrte Kaori. »Irgendwie sorgt das Universum dafür.«

»Wie das denn?«

»Indem es sie zur selben Zeit an denselben Ort führt oder indem es spezielle Kräfte einsetzt, mich zum Beispiel, um sie zusammenzubringen.«

»Sie waren ein ganzes Schuljahr lang zur selben Zeit am selben Ort und haben kein Wort miteinander gesprochen.«

»Das lag an Virgil, nicht am Universum. Du siehst doch, wie schüchtern der Junge ist. Er trägt einen Nager im Rucksack mit sich rum. Einen Nager, Gen!«

»Keinen Nager. Ein Meerschwein.«

»Meerschweinchen sind Nager, oder Nagetiere. So wie Ratten und Mäuse und Eichhörnchen auch.«

»Ich finde Gulliver süß.«

»Ich mein ja nur, es ist sicher nicht leicht für Virgil. Schließlich ist sein Sternzeichen Fisch.« Kaori ging von der Sternenkarte zum Rand ihres Sternzeichenteppichs. Gen kam hinterher. »Sieh dir das Symbol für das Zeichen Fische an. Zwei Fische, die in entgegengesetzter Richtung schwimmen. Und wieso tun sie das?«

Gen schüttelte den Kopf.

»Weil Fische nie mit sich im Reinen sind. Nie wissen sie, was sie wollen. Kein Selbstbewusstsein. Extrem sensibel.«

Gen hockte sich neben den Teppich, um sich die beiden Fische genauer anzusehen.

»Und jetzt schau auf das Skorpionzeichen«, sagte Kaori.

Gens dunkle Augen sahen hinüber zum benachbarten Sternzeichen. »Iiiih! Ein Käfer!«

»Nein!«, fuhr Kaori sie an, gerade so, als hätte Gen Mutter und Vater verflucht. »Na gut, ein Käfer ist es schon. Aber nicht irgendeiner. Das ist ein Skorpion, Gen. Ein Skorpion. Weißt du, was das bedeutet?«

»Dass sie einen Schwanz hat?«

Wieder entschuldigte sich Kaori bei den Geistern ihrer Ahnen, bevor sie sagte: »Nein. Es heißt, sie hat einen scharfen Verstand und ist unabhängig. Selbstbewusst und durchsetzungsfähig. Ein bisschen aufbrausend vielleicht, aber sie hat jede Menge

Freunde, die alle um ihre Aufmerksamkeit ringen. Der arme Virgil dagegen spricht mit einem Nager. Im Grunde sind die zwei das totale Gegenteil voneinander. Ich wette, die haben nichts gemeinsam. Gar nichts.«

Gen dachte darüber nach. Dann sah sie zu ihrer Schwester hoch. »Vielleicht mag sie auch Nagetiere.«

Zum dritten Mal an diesem Morgen seufzte Kaori.

»Sei nicht albern«, sagte sie.

15
Valencia

Zu meinen Lieblingstieren gehören Eichhörnchen, und ich beschließe, mich heute im Wald vor allem auf sie zu konzentrieren. Ich werde Eichhörnchen beobachten und Santo, meinen Hund, füttern.

Also, streng genommen ist er nicht »mein« Hund, aber er könnte es sein. Niemand kümmert sich so um ihn wie ich. Garantiert nicht. Wenn meine Eltern nicht diese Abneigung gegen Hunde hätten, dann wäre Santo mein Hund. Sie behaupten zwar, sie hätten nichts gegen Hunde, aber sie erlauben mir auch nicht, ihn nach Hause mitzubringen. Haustiere seien eine große Verantwortung, und sie hätten keine Lust, am Ende diejenigen zu sein, die sich um den Hund kümmern müssen. Ich habe versucht, ihnen klarzumachen, dass es ja genau darum geht – dass Santo *mein* Haustier wäre, was bedeutet, dass *ich* für ihn sorgen würde, aber sie hören einfach nicht zu. Sie glauben nicht, dass ich schon die Verantwortung für einen Hund übernehmen kann, aber woher wollen sie das wissen? Wir hatten ja noch nie einen. Ich glaube, sie wollen bloß keinen Hund im Haus haben. Nur, wenn das der Grund ist, dann sollen sie es doch einfach sagen, statt das Ganze mir und meinem angeblichen Mangel an Verantwortungsbewusstsein in die Schuhe zu schieben. Manchmal verstehe ich sie nicht. Wirklich nicht.

Weil also meine Eltern glauben, ich wäre nicht in der Lage, einen Hund zu füttern oder mit ihm spazieren zu gehen, muss Santo allein hier draußen im Wald leben und selbst für sich sorgen. Ich kümmere mich gut um ihn und bringe ihm jedes Mal etwas zu fressen mit, wenn ich in den Wald gehe, um Tiere zu beobachten. Er taucht auch jedes Mal auf. Er ist superlieb. Auf den ersten Blick käme man vielleicht nicht darauf. Er ist groß und sieht böse aus, weil er ein räudiges Fell hat. Ich meine, er schlägt sich allein durch, und so ein Tier läuft nicht vierundzwanzig Stunden am Tag schwanzwedelnd durch die Gegend. Wer ihn zum ersten Mal sieht, könnte ihn für bösartig halten. Aber ich musste ihm nur einmal ins Gesicht sehen, und sofort wusste ich, dass er ein friedliches Tier ist. Erinnerst du dich, was ich über die Gesichter von Menschen gesagt habe? Dass man es ihnen ansieht, wenn sie gemein sind? Das gilt auch für Hunde. Für alle Tiere mit Augen. Für fast alle.

Santo ist ganz schwarz. Aus irgendwelchen Gründen haben viele Leute mehr Angst vor schwarzen Hunden als vor anderen. Bei Katzen ist das übrigens genauso, fällt mir gerade ein. Keine Ahnung, warum das so ist. Hunde und Katzen haben nicht gerade Einfluss darauf, welche Farbe ihr Fell hat. Wieso sollte es dann einen Unterschied machen, ob ein Tier mit schwarzem oder braunem Fell zur Welt kommt? Fell ist Fell. Es gibt schon seltsame Menschen, ganz ehrlich.

Ich beschließe, mich gegen halb elf in den Wald aufzumachen. So habe ich reichlich Zeit, Eichhörnchen zu beobachten, Notizen zu machen, Santo zu füttern und anschließend zu Kaori zu gehen, ohne mich zu hetzen. Aber vorher muss ich noch eine Schüssel aus der Küche klauen. Manchmal heben meine Eltern irgendwelche Plastik- oder Styroporschalen auf, aber das kommt eher selten vor. Anderenfalls muss ich normale Schüsseln nehmen. Ich suche schon immer solche aus, die meine Eltern nie benutzen, damit sie nichts merken. Aber in letzter Zeit hat meine Mutter öfter die Schränke inspiziert – anscheinend hat sie Verdacht geschöpft. Ich kann direkt ihre Gedanken lesen: *Wohin verschwinden eigentlich all meine Schüsseln?*

Das Problem: Wenn ich Santo etwas zu fressen bringe, habe ich jedes Mal vor, die leere Schüssel anschließend mit zurückzunehmen, sie zu spülen und zurück in den Schrank zu stellen, damit keiner etwas mitbekommt. Aber manchmal (na gut, meistens) schleppt Santo diese Schüsseln an irgendeinen geheimen Ort, wo ich sie nie wiederfinde. Ich weiß, ich muss mir dringend etwas einfallen lassen, aber genau das vergesse ich immer. Ich denke immer erst daran, wenn ich kurz davor bin loszugehen, um Santo zu füttern. So wie jetzt zum Beispiel.

Ich mache mir im Kopf eine Notiz: *Schlauere Methode für Fütterung ausdenken!*

Vielleicht könnte ich einen Futterspender für Hunde bauen und an einen Baum nageln. Aber dafür ist es heute zu spät.

Ich warte, bis meine Eltern im Fernsehzimmer sitzen, um die Vormittagsnachrichten zu sehen – übrigens eine total langweilige Sendung mit ganz schlechter Untertitelung –, dann nehme ich blitzschnell eine Schüssel aus dem Schrank, fülle sie mit Cornflakes, fünf Scheiben Salami, einer Scheibe Käse und einer Handvoll Babymöhren. Furchtbar lecker klingt das jetzt nicht, ich weiß. Es sieht auch nicht so aus, das kannst du mir glauben. Aber Santo ist nicht wählerisch.

Der Hunger treibt's rein.

Dummerweise schaffe ich es nicht, unbemerkt damit zu entkommen. Ich bin schon fast zur Tür raus, da hält meine Mutter mich am T-Shirt fest.

»Wo willst du damit hin?«, fragt sie.

»Nach draußen. Frühstücken.«

Mit hochgezogenen Augenbrauen mustert sie den Inhalt der Schüssel. »Das willst du essen?«

»Ääh – ja?«

Sehr überzeugend klingt das nicht, das weiß ich selber. Aber wenn ich ihr sage, ich gehe in den Wald, um einen herrenlosen Hund zu füttern, dann würde sie sofort wieder ausrasten. Meine Mutter kann sich wegen der blödesten Sachen furchtbar aufregen.

»Anschließend mache ich wieder meine Naturforschungen.« Ich drehe mich zur Seite, damit sie meine kleine Schultertasche sieht, in der ich immer mein Tagebuch (mein zoologisches Notizbuch) und meinen liebsten Zeichenstift aufbewahre.

Wir denken beide nach: meine Mutter über meine Worte, ich über meine Mutter.

Habe ich sie an einem guten Tag erwischt? Oder fängt sie gleich wieder an zu nerven?

»Pass auf dich auf«, sagt sie. »Sei bis zum Nachmittag zurück. Und geh nicht zu weit!«

Meine Mutter ist eine wandelnde Liste von Ge- und Verboten.

»Kapiert.«

»Ich hab dich lieb. Lass dein Handy an.«

Ihre Liebeserklärungen kommen immer mit einer Fußnote daher. »Ich hab dich lieb. Sei um vier zurück.« – »Ich hab dich lieb. Vergiss nicht, mir zurückzusimsen.« – »Ich hab dich lieb. Pass auf dich auf.«

Ob sie das bei meinem Vater auch so macht?

»Ich dich auch, Mom. Mein Handy lass ich an.« Mit diesen Worten gehe ich zur Tür hinaus.

Offenbar fange ich auch schon mit diesen Fußnoten an.

16
In tiefste Tiefen

Die Welt hatte viele Leckereien zu bieten – Staudenselleriestangen, Babymöhren, Orangenschnitze –, doch am liebsten mochte Gulliver Löwenzahn. Um einen Stängel zu vertilgen, brauchte er weniger als fünf Sekunden, und dann wollte er sofort mehr. Für Gulliver war Löwenzahn eine seltene Delikatesse, für Menschen ein lästiges Unkraut, das sie nicht in ihren Gärten duldeten. Und doch wuchs es munter weiter. In Virgils Nachbarschaft war Löwenzahn überall, er spross aus Spalten im Bürgersteig, lehnte an Zaunpfosten, schlich sich in mit der Nagelschere gepflegten Rasen. Virgil hatte es sich schon zur Gewohnheit gemacht, ihn überall zu pflücken, wie ein Schatzsucher hielt er den Blick meist nach unten gerichtet. Bis er im Wald ankam, hatte er die linke Jackentasche randvoll mit Löwenzahn. Er hätte sich auch die andere noch vollstopfen können, aber die brauchte er für die Steine.

Virgil durfte nicht allein in den Wald gehen. An manchen Stellen standen die Bäume dicht an dicht, an anderen eher vereinzelt. Hier und da gab es Blumen, mal einen Flecken Iris, mal eine Löwenzahnkolonie. Lola war überzeugt, dass es im Wald nur so wimmelte von Schlangen, aber Virgil wollte trotzdem genau hier nach den fünf Steinen suchen. Er war sich sicher, dass er sie hier finden konnte, und zwar nicht irgendwelche Steine, sondern die besten, die seine Stadt zu bieten hatte.

Zwei fand er sofort, kaum dass er die ersten Schritte in den Wald getan hatte. Als er tiefer hineingelangte und der Lärm der Stadt verhallte, fand er den dritten, einfach so. So sehr konzentrierte er sich darauf, den Boden abzusuchen, dass er das seltsame Rascheln hinter sich kaum wahrnahm. Doch auf einmal hörte er Schritte und fuhr herum. Sein Herz klopfte wie wild, aber er stand still da, ohne sich zu rühren. Wenn er eins wusste, dann dies: Wilden Tieren gegenüber, denen man im Wald begegnete, musste man sich ganz still verhalten, sonst endete man als ihr Abendessen.

Sehen konnte er nichts. Aber er war überzeugt,

dass er etwas hörte. Und zwar nicht das Wehen des Windes oder das Fallen eines Astes. Jemand – oder etwas – bewegte sich ganz in der Nähe.

»Hallo?«, fragte Virgil, aber es klang mehr wie ein leises Krächzen.

Es kam ihm so vor, als hörte er etwas. Ein Knurren? Ein Schnauben? Auf einmal stellte er sich vor, dass da hinter den Bäumen ein Rhinozeros war, das gerade einen Vorderhuf auf den Boden setzte, den Kopf senkte und das Horn ausrichtete, bereit zum Angriff. Virgil malte sich aus, wie er in die Luft geschleudert wurde und kurz auf der dicken grauen Haut des riesigen Tiers zwischenlandete, bevor er hinunterfiel und zertrampelt wurde. Gleichzeitig kam ihm eine von Lolas Geschichten in den Kopf. Sie handelte von einem Mann, der all seine Geheimnisse Bäumen anvertraute. Als er tot war, flüsterten die Bäume jedem, der vorüberkam, diese Geheimnisse zu. Vielleicht war das, was er da hörte, gar kein Rhinozeros. Vielleicht waren es lauter alte Bäume, die nur darauf warteten, die Geheimnisse von Toten zu erzählen.

Virgil schaute auf sein Handy. Viertel nach zehn. Vielleicht sollte er einfach die erstbesten Steine aufheben, die er sah, und dann, so schnell er konnte, zu Kaori laufen. Sie hätte sicher nichts dagegen, wenn er früher als verabredet käme.

Doch dann legte sich das Geräusch von schlurfenden Schritten und verschwand schließlich völlig, sodass es im Wald wieder ganz still war. Virgil atmete tief durch, und sein Herzschlag beruhigte sich. Er schaute zu Boden, entdeckte einen vierten Stein und steckte ihn ein. Doch dann kamen ihm Zweifel, ob er auch wirklich die besten Steine ausgewählt hatte. So angestrengt dachte er darüber nach, dass er gar nicht mitbekam, dass sich wieder ein schlurfendes Geräusch näherte, dieses Mal von hinten.

»He, Hirni!«

Erschrocken fuhr Virgil herum.

Chet Bullens' fleischiges Gesicht war rot angelaufen, so als würde dem Jungen gleich der Kopf platzen. »Was machst du denn hier, so ganz alleine? Hast du deine Mami verloren?«

Bulle war doch genauso allein im Wald, dachte Virgil, aber daran erinnerte er ihn lieber nicht. Stattdessen sagte er gar nichts, stand nur da, die Taschen voll mit Steinen und Löwenzahn, und fühlte sich sehr verwirrt, so als hätte man ihn aus einer Geschichte herausgehoben und in einer anderen abgesetzt. In diesem fremden Wald, in einer fremden Lage, allein mit dem Bullen, der einen Kissenbezug in der Hand hielt. Virgil fragte sich, wofür der Bezug gut sein mochte, und er brauchte nur drei Sekunden, um sich gleich mehrere Horrormöglichkeiten auszumalen. Erstens: Bulle würde ihn damit erwürgen. Zweitens: Er benutzte die Stoffhülle, um tote Tiere darin herumzutragen. Drittens: Er hatte vor, Tiere zu fangen und zu erwürgen und sie dann in dem Bezug zu transportieren.

Chet trug nicht nur diesen Kissenbezug mit sich herum. Chet trug auch ein rotes Trikot der Chicago Bulls.

Hüte dich vor der Farbe Rot.

Auf einmal kam Virgil das Rhinozeros gar nicht mehr wie das schlimmste Übel vor.

»Was'n los?«, wollte Bulle wissen. »Ach, klar, schon wieder vergessen. Du kannst ja nicht sprechen. Du bist ja zurückgeblieben. Ich seh dich doch immer in der Hirni-Gruppe am Donnerstag. Was macht ihr da eigentlich? Ein Haufen Hosenscheißer seid ihr, wetten?«

Virgil hatte nicht nur Angst im Dunkeln, trug ein Meerschweinchen im Rucksack herum und stopfte sich die Taschen mit Steinen und Löwenzahn voll. Virgil hatte noch ein weiteres Geheimnis: Er wog nur fünfunddreißig Kilo, und obwohl er immer behauptete, eins fünfzig groß zu sein, waren es doch gerade mal eins neunundvierzig.

Virgil hatte keine Ahnung, wie groß Chet war oder wie viel er wog, aber mehr als fünfunddreißig Kilo brachte er ganz sicher auf die Waage.

»Du bist echt strohdumm, oder?«, sagte Bulle. Sein Blick ging zu Virgils Rucksack.

Chet tat einen Schritt nach vorn und Virgil einen zurück, was Chet anscheinend wahnsinnig lustig fand, denn er brüllte gleich los vor Lachen. Dann riss er Virgil den Rucksack von den Schultern, und zwar mit solcher Kraft, dass Virgil allen Ernstes im Kreis herumflog, bevor er auf den Boden knallte und ein betäubender Schmerz ihm von den Handflächen in die Schultern fuhr. Bulle schoss los wie eine Pistolenkugel. Virgil rappelte sich auf und rannte hinterher, dabei rief er »Nein! Nein! Nein!« mit der lautesten Stimme, die er zustande brachte, ohne zu ersticken.

»Gulliver! Gulliver!«, rief er. Aber vielleicht passierte das auch nur in seinem Kopf. Er war sich nicht sicher.

Bulle lachte jetzt nicht mehr, rannte aber weiter zwischen den Bäumen hindurch. Dabei hielt er Virgils Rucksack fest in den Händen. Lauter grauenvolle Bilder blitzten in Virgils Kopf auf – wie Bulle den armen Gulliver zerriss, ihn in eine Löwengrube schmiss oder ihn hoch auf einen Baum schleuderte. Deshalb ging es Virgil auch kein bisschen besser, als Bulle endlich stehen blieb und sich zu Virgil umdrehte, mit rotem Kopf und Schweißtropfen am Haaransatz.

Virgil erwartete, dass Bulle gleich den Rucksack aufmachen, Gulliver darin entdecken und ihn sofort umbringen würde. Doch Bulle tat einen gewaltigen Schritt zurück und ging dann mit einem bösen Grinsen im Gesicht auf einen Kreis aus niedrigen Steinen zu, den Virgil noch nie zuvor bemerkt hatte.

Ein alter Brunnen.

Bulle packte die schwere Platte, die den Brunnen abdeckte, und drückte sie mit zwei kräftigen Stößen zur Seite. Dann ließ er den Rucksack über dem jetzt freigelegten Brunnen baumeln.

»Sag deinem Kram Tschüss, Hirni«, rief er.

Im nächsten Moment ließ er auch schon los, und der Rucksack fiel in das finstere Brunnenloch. So tief hinunter ging es, dass Virgil nicht einmal hörte, wie er unten aufkam.

»Sieht ganz so aus, als müsstest du dir neue Schulbücher kaufen, du Angsthase«, sagte Bulle, und sein Grinsen wurde noch ein Stück breiter. »Die brauchst du sowieso nicht, wahrscheinlich kannst du gar nicht lesen.«

Er wischte sich die Hände vorn an seiner Jeans ab, so als hätte er gerade etwas überaus Schmutziges getan – und so war es ja auch. Anschließend drehte er sich um und verschwand zwischen den Bäumen.

Virgil blieb allein zurück.

17
Abstieg

Zu den Philippinen gehören über siebentausend Inseln, von denen etliche gar nicht bewohnt sind. Manche waren einmal bewohnt, sind es aber nicht mehr, sowie die Insel Balatama, von der Lola Virgil so viel erzählt hatte.

Balatama war einst eine blühende Insel im Süden gewesen. So gut ging es den Menschen, dass sie den Bergtieren immer mehr Land wegnahmen. Eines Tages holzten sie Bäume ab, die einem majestätischen Vogel namens Pah gehörten. Pahs Flügel hatten eine Spannweite, so breit wie ein Elefant, und seine Krallen waren messerscharf. Der Ausblick der gefällten Bäume machte Pah so zornig, dass er wuchs und wuchs. Er spannte seine Flügel aus, und nun waren sie so groß und so dunkel, dass sie sogar die Sonne verdeckten. Das freute den Vogel, denn nun konnten die Menschen nichts mehr sehen. Sie würden immer im Kreis herumlaufen, und Pah würde herabstoßen, sie ergreifen und fressen.

Pah war nun der Herrscher über die Dunkelheit und setzte sie als Waffe ein. Die Dunkelheit machte Menschen schwach, sie irrten hilflos umher. So waren sie leichte Beute, denn gegen einen Gegner, den sie nicht sehen konnten, kamen sie nicht an. Bevor sie überhaupt merken würden, dass sie in Gefahr waren, hätte Pah sie schon zerrissen.

Virgil war acht gewesen, als Lola ihm diese Geschichte zum ersten Mal erzählte. Als er sich jetzt über den Brunnen beugte, erwartete er fast, Pahs Krallen würden aus der Tiefe emporschießen. Obwohl es ein strahlend schöner Sommertag war, herrschte in dem Loch, in dem Gulliver jetzt lag, absolute Dunkelheit. Dieselbe Dunkelheit wie sonst am nächtlichen Himmel.

Virgils Herz klopfte so laut, dass es ihm in den Ohren dröhnte. Ein harter Knoten bildete sich in seiner Brust und stieg immer höher, bis er Virgils Augen erreichte, wo sich sofort Tränen bildeten.

»Gulliver?«, rief er hinunter.

Wie der weit offene Schlund eines hungrigen Tieres lag die tintenschwarze Dunkelheit vor ihm.

Ein muffiger, feuchtkalter, tödlicher Gestank stieg von dort auf. Aber Gulliver war da unten. Er konnte ihn nicht allein lassen, nicht eine Sekunde lang.

Doch es gab Hoffnung.

Eine Leiter.

Er hatte keine Wahl.

Er nahm die Steine aus der Tasche und legte sie sorgfältig auf den Brunnenrand.

Dann begann er seinen Abstieg in die Tiefe.

Es war eine wackelige Angelegenheit. Virgils Fuß zögerte vor jeder weiteren Leitersprosse, landete dann aber doch, wenn auch zitternd, an der richtigen Stelle. Bei jedem Schritt in die Tiefe umklammerten seine Hände die Holme der Leiter fester, so fest, dass ihm die Knöchel wehtaten. Immer tiefer ging es hinab. Ob am Grund des Brunnens wohl Wasser stand? Und ob Gulliver gerade in diesem Moment ertrank? Nach Luft rang? So tief und so schwarz war der Brunnen, dass Virgil überhaupt nichts sehen konnte, selbst dann nicht, als er schon sechs Stufen hinabgestiegen war. Flüchtig kam ihm der Gedanke, dass er vielleicht für nichts und wieder nichts hinuntergeklettert war – vielleicht hatte Chet Gulliver nicht wirklich in diesen Brunnen geschmissen. Vielleicht hatte er, Virgil, sich das nur eingebildet.

Doch dann – wie eine Ewigkeit war es Virgil erschienen – entdeckte er seinen Rucksack, und der trieb nicht im Wasser, sondern lag am Brunnenboden auf der Seite. Der Reißverschluss war wie zuvor gerade so weit offen, dass Gulliver Luft bekam. Die Dunkelheit war in Virgils Lungen eingedrungen, er glaubte zu ersticken. Erst als er wusste, dass Gulliver atmen konnte, holte auch er selbst wieder tief Luft. Er lauschte, ob er einen Laut seines Meerschweinchens hören konnte – ein Zwitschern, ein Fiepen, doch alles, was er hörte, war das Klopfen seines eigenen Herzens.

Virgil war noch ein gutes Stück vom Grund entfernt, als er seinen Fuß erneut senkte und merkte, dass keine weitere Sprosse folgte. Er hielt sich mit beiden Händen gut an den rostigen Holmen fest, dann drehte er sich um, ganz vorsichtig, um nicht aus dem Gleichgewicht zu kommen, und schaute in die Tiefe. Er hatte tatsächlich das Ende der Leiter erreicht, aber bis ganz unten fehlten ihm zwei weitere Sprossen. Mindestens. Der Rucksack lag zudem ungünstig, sodass er mit den Armen nicht darankam – und Virgils Beine waren zu kurz, um den Brunnenboden zu erreichen.

Virgil sah den Rucksack zwar, konnte aber nicht erkennen, ob sich irgendetwas darin bewegte. Auf keinen Fall konnte er einfach aufgeben und wieder hochsteigen. Nicht ohne Gulliver. Der Gedanke,

Gulliver zu verlassen, war noch viel schlimmer als die Vorstellung hinunterzuspringen. Er drängte sich dicht an die rostige Leiter, umklammerte sie so fest, als könnte ihn schon der bloße Gedanke an einen Sprung in die tödliche Tiefe stürzen lassen. Jetzt hörte er auch seinen eigenen Atem; ein Japsen, das einem Schluckauf ganz ähnlich war, unterbrach die Stille in kurzer, schneller Abfolge. Mit einem Mal brach ihm der Schweiß aus. Als wäre in ihm ein Wasserhahn geöffnet worden, wurde alles an ihm feucht: die Innenseiten der Ellbogen, die Handflächen, die Zwischenräume zwischen den perfekt geformten Fingern, der Nacken, sein Haaransatz, seine Schuhgröße-35-Füße, die Haut zwischen den Schulterblättern. Einfach alles.

Falls sein Körper sich so auf den Sprung vorbereitete, dachte Virgil, war das sicherlich nicht hilfreich.

Er senkte den rechten Fuß und presste die Spitze seines Sneakers fest gegen die Brunnenwand, dann griff er mit der rechten Hand nach der nächsten Leitersprosse. Unsicher, wie es weitergehen sollte, blieb er einige Sekunden so hängen, als bestünde er aus zwei Jungen – einem, der hinunterkletterte, und einem, der gerade wieder hochstieg. Erst als die Beine ihm wehtaten, bewegte er die linke Hand, und den anderen Fuß bewegte er erst, als es gar nicht mehr anders ging. Danach hing er an der viertletzten Sprosse wie an einem der Klettergerüste, an die er sich noch nie gewagt hatte.

Er griff nach der nächsten Leitersprosse und tastete mit dem Fuß, ob er schon den Boden berührte.

Nichts.

Noch eine Sprosse. Und noch eine.

So, wie er jetzt an der Leiter baumelte, konnte er nur noch ganz nach unten. Er wollte loslassen, aber er schaffte es nicht. Wieder schossen ihm lauter Bilder durch den Kopf: Er sah sich selbst mit gebrochenem Arm, laut weinend vor Schmerz. Mit verstauchten Knöcheln oder gebrochenen Knochen. Mit einem Schädelbruch, durch den er reglos am Boden liegen blieb, bis er irgendwann ein Skelett war. Oder mit einer klaffenden, blutigen Wunde über einer Augenbraue, weil er gegen die raue Brunnenwand geknallt war.

Nichts von alldem war ausgeschlossen, schließlich war der Abstand zum Brunnenboden noch groß.

Andererseits war Gulliver dort unten.

»Also gut«, sagte Virgil. Er erwartete, das Echo seiner Stimme zu hören, doch das kam nicht.

Virgil schaute nach oben. Die Brunnenöffnung war ein vollkommener Kreis. Dort oben gab es Licht. Und Luft. Bäume, Vögel. Und Lola. Der

Brunnen roch muffig wie ungewaschene Socken, doch die Welt da oben duftete nach Gras und Bäumen. Noch einmal ging sein Blick nach oben, ins Licht. Dann ging er nach unten. Zu Gulliver.

Virgil ließ los.

Viele schreckliche Dinge können einem Jungen passieren, der in einen Brunnen springt. Ein Schädelbruch. Verstauchte oder gebrochene Knöchel. Oder ihm fällt sein Handy aus der Tasche und zerbricht in Millionen Einzelteile.

Virgils Handy und Virgils Füße kamen im Abstand von einer halben Sekunde unten auf. Sobald er Boden unter seinen Sneakers spürte und den dumpfen Schmerz aufgrund des Aufpralls, begriff er zwei Dinge: Er selbst war sicher gelandet, sein Telefon aber nicht. Doch zuerst einmal griff er nach seinem Rucksack und zog den Reißverschluss auf.

Er tastete nach Gulliver und hörte ein kurzes, munteres Zwitschern. Gulliver hatte von alldem anscheinend gar nichts mitbekommen. Das Einzige, was ihm fehlte, war Löwenzahn, und den hatte Virgil für ihn.

»Du bist heil«, sagte Virgil, aber das wusste Gulliver auch so.

Die ganze Zeit über hatte sein eigener Herzschlag

Virgil in den Ohren gedröhnt, doch jetzt beruhigte er sich langsam. Virgil lehnte den Rucksack an die Brunnenwand und sammelte sein Telefon ein.

Es war in drei Teile zerbrochen – Display, Akku und der Rest. Für alle Fälle setzte Virgil die Teile wieder zusammen. Ohne wenigstens einen Versuch zu machen, gibt man nicht auf, sagte Lola immer.

»… und auch der König mit seinem Heer«, murmelte Virgil, während er den Akku wieder einsetzte. Das ging auch problemlos, doch für das Display bestand keine Hoffnung. Das Glas sah aus wie ein dichtes Spinnennetz, ausgehend von einem Riss in der Ecke. *»… brachte Humpty Dumpty nicht mehr zusammen.«*

Virgil versuchte, das Telefon zu starten, aber nichts geschah. Er versuchte es wieder. Er schüttelte es, nahm es noch einmal auseinander, um es wieder zusammenzusetzen. Er drückte den Ein-/Aus-Knopf, bis ihm der Daumen wehtat.

Nichts.

Trotzdem steckte er das Handy ein. Dann legte er den Kopf in den Nacken und schaute weit nach oben. Dort sah er Licht, aber es war weit weg, so weit wie eine Wolke am Himmel, unerreichbar.

Er stellte sich unter die Leiter und streckte die Arme nach der untersten Sprosse aus, doch seine

Fingerspitzen reichten nicht entfernt daran. Er beugte die Knie und sprang mit nach oben ausgestreckten Armen, so hoch er konnte. Auch das brachte nichts.

Wenn ich Joselito oder Julius wäre, käme ich problemlos an die Leiter, dachte Virgil. *Andererseits, wenn ich Joselito oder Julius wäre, dann wäre ich erst gar nicht hier unten.*

Er sprang noch einmal hoch.

Er blickte ins Helle.

»Hallo?«, rief er, noch zögerlich. »Hallo?« Dann, jetzt schon lauter: »Hallo? Hallo? Hallo?«

Er wusste, es war sinnlos, nie kamen Leute in diesen Wald. Und selbst wenn welche kämen – sie könnten ihn nicht hören.

18
Ein Tier

Inzwischen war Chet überzeugt, dass Davies ihn angelogen hatte, was die Schlangenhaut anging. Er selbst hatte nicht den allerkleinsten Hinweis darauf finden können, dass es in diesem Wald überhaupt Schlangen gab. Andererseits wusste er gar nicht so genau, woran man eigentlich feststellen konnte, ob irgendwo Schlangen lebten, außer an so einer Schlangenhaut. Gefunden hatte er jedenfalls keine. Er hatte sogar einen Ast abgebrochen, um im Laub herumzustochern. Er schob Zweige und kleine Laubhaufen beiseite, um nachzusehen, ob sich eine Schlange mit bisswütigen Giftzähnen darin verbarg. Angst hatte er keine. Er war ja kein Feigling.

Die Geräusche im Wald waren eigentlich dieselben wie immer – das gelegentliche Zwitschern irgendeines blöden Vogels, das entfernte Brummen von Autos, die am Waldrand eine Straße entlangfuhren, seine eigenen Schritte in den Turnschuhen. Doch als Chet gerade besonders gründlich am Fuß einer Esche stocherte, war da auf einmal ein neues Geräusch. Es hörte sich so an, als bewegte sich jemand ganz verstohlen zwischen den Bäumen. Jemand oder etwas. Fast bildete er sich ein, im nächsten Moment einem Grizzlybären gegenüberzustehen, doch dann merkte er selbst, wie albern das war. Er sagte sich noch einmal, dass er schließlich kein Feigling war, auch wenn sein Herz gerade heftig klopfte.

Als er nichts sah, richtete er sich hoch auf und ließ seinen Blick über das vor ihm liegende Waldstück schweifen. Wieder hörte er das Geräusch, dieses Mal aus einer anderen Richtung. Eine Bewegung. Er selbst bewegte sich auch, so schnell, dass es ziemlich viel Lärm machte.

»Pssst!«, sagte er zu sich selbst.

Er hob seinen Stock, um eine Waffe griffbereit zu haben.

»Wer da?«, fragte er, doch seine Stimme war nur ein zartes Flüstern, und er glaubte kaum, dass irgendwer ihn gehört hatte.

Dann dämmerte es ihm: Was er da hörte, das war

bestimmt dieser schwachsinnige Rucksackjunge. Dieses magere Kerlchen, das nie ein Wort sagte. Der Chinese war oder so. Vermutlich suchte er gerade den Weg zurück und wollte von Chet nicht gesehen werden. War ja auch sinnvoll, unter den Umständen. So einer war einem Kerl wie Chet Bullens wirklich nicht gewachsen.

Chets Selbstbewusstsein kehrte zurück. Es breitete sich in seinem Körper aus, bis er die Schultern wieder senken und tief ausatmen konnte.

»He, Dumbo!«, rief er. »Bist du das? Schleichst dich wohl gerade zum nächsten Buchladen, wie?«

Chet lachte, als hätte er gerade den Witz des Tages gemacht. Er dachte oft, er wäre bestimmt ein guter Comedian, schließlich waren seine Witze doch immer so lustig.

Er wartete. Langsam ging sein Blick von Baum zu Baum. Bei dem Gedanken, dass jemand solche Angst vor ihm hatte, dass er vorbeischlich, fühlte Chet sich wie ein Kriegsherr. Wenn er abends schlafen ging, stellte er sich manchmal vor, er lebe im Mittelalter als ein mächtiger Ritter, der in seiner prächtigen Rüstung auf einem edlen Pferd saß und sein spitzes Schwert auf die Leute richtete. »Geh, hol mir Wasser, du Bauer«, befahl er dann in seiner Fantasie. Hier im Wald gab es leider keine Bauern, deshalb musste er sich mit Namen wie Dumbo begnügen. Wäre natürlich besser, wenn dieser Junge Segelohren hätte, aber lustig war es auch so.

»Lauf ruhig, ich seh dich trotzdem!«, brüllte Chet. Nicht furchtbar originell, aber etwas Besseres fiel ihm auf die Schnelle nicht ein.

Wieder raschelte es im Gebüsch, aber von dem Jungen war nichts zu sehen. Chet drehte sich um und dachte wieder, er hätte etwas gehört, aber dieses Mal aus der entgegengesetzten Richtung. Also drehte er sich noch einmal um. In dem Moment sah er sie.

Valencia Somerset.

Chet ließ den Ast fallen und stellte sich nah an den Baum. Er redete sich ein, er wolle Valencia hinterherspionieren, doch in Wirklichkeit versteckte er sich. Ihm war immer noch gruselig bei dem Gedanken daran, wie sie ihn im Supermarkt angestarrt hatte.

Und jetzt war sie hier im Wald. Sie hielt etwas in der Hand. Eine Schüssel.

Gesehen hatte sie ihn nicht, so viel war klar. Sie war mit etwas anderem beschäftigt. Sie kniff die Augen zusammen, so als würde sie Blatt um Blatt sichten. Sie ging langsam, vorsichtig, so als wollte sie nicht stören. Und die ganze Zeit hielt sie diese Schüssel mit beiden Händen fest. Sie war auf der Suche nach einem Tier, eindeutig.

Vielleicht aber auch nicht nach einem Tier. Vielleicht nach irgendeinem anderen Wesen.

Chet trat ganz hinter den Baum, damit sie ihn nicht sah. Was, wenn sie vielleicht zu einer rituellen Opferung in den Wald gekommen war?

Er dachte an ihren zornigen Blick, das Funkeln in ihren Augen. Irgendetwas tickte nicht richtig im Kopf dieses Mädchens. Nicht nur die Ohren.

Sie hockte sich hin, spähte zwischen den Bäumen hindurch, stand wieder auf, spähte weiter. Was sie wohl in der Schüssel hatte?

Vielleicht einen menschlichen Finger. Oder ein Dutzend Hühnerfüße. Vielleicht Kaninchenohren, die sie selbst abgeschnitten hatte und jetzt einem geheimen Untier hier im Wald brachte.

Sie war böse, so viel war klar. Ein Mädchen, das nicht hören konnte, war nun mal merkwürdig.

Aber vielleicht war auch das alles gelogen.

Chet nahm all seinen Mut zusammen und gab ein Geräusch von sich, das von irgendeinem Tier kommen konnte.

Er schnalzte mit der Zunge. Er machte das *Schuhuu* einer Eule nach, erst leise, dann lauter. Valencia reagierte nicht. Er wiederholte den Eulenruf, dieses Mal noch lauter, doch Valencia ging völlig unbeeindruckt mit ihrer Schüssel weiter.

Ein paar mögliche Erklärungen kamen ihm in

den Kopf. Vielleicht kümmerte sie sich um streunende Katzen. Allerdings hatte er hier draußen noch nie Katzen gesehen, immer nur Eichhörnchen. Und wer kam schon mit einem Napf in den Wald, um Eichhörnchen zu füttern?

Dieses Mädchen führte nichts Gutes im Schilde.

19
Valencia

Ich gehe nicht einfach so durch den Wald. Ich fühle ihn. Wenn die Blätter im Wind zittern, spüre ich ein Kitzeln auf der Haut. Wenn ich auf abgebrochene Zweige trete, geht mir das Knacken durch die Fußsohlen. Ich kann Santo nicht sehen, aber ich weiß, er ist hier, nicht weit von mir. Nur wo? Links? Rechts? Ich klappere mit der Schüssel, und auch wenn ich nicht hören kann, wie die Cornflakes herumhüpfen und gegen den Schüsselrand titschen, so kann ich es doch fühlen, und ich weiß, das Geräusch bringt Santo aus seinem Versteck hervor.

»Santo?«, rufe ich. »Santo?«

Ich habe mir schon überlegt, ob ich einen Namen in Zeichensprache für Santo erfinden soll. Hunde können die Zeichensprache lernen, ohne Probleme. Vermutlich sogar schneller als Menschen. Ich meine, das hätte ich irgendwo gelesen.

Ich habe versucht, mir die Zeichensprache beizubringen, aber ohne Lehrer ist das schwer. Ich habe es online probiert, aber richtige Sätze außer »Wie geht es dir?« oder »Wie heißt du?« bringt man mit der Methode nicht zustande. Ich habe meine Eltern gefragt, ob ich einen Kurs besuchen darf, aber sie finden das unnötig, schließlich hätte ich ja meine Hörhilfen. Doch die allein nützen nichts. Ich muss die Gesichter sehen, damit ich Lippenbewegungen und Laute zusammenfügen kann wie Puzzleteile. Immer wieder muss ich Leute daran erinnern, mich direkt anzusehen und langsam zu sprechen. »Ach ja, stimmt«, sagen sie dann, und kurz darauf haben sie es schon wieder vergessen. Sogar bei meinen Eltern ist das so. Es ist keine böse Absicht, aber es passiert trotzdem.

Die Einzige, die es nie vergisst, bin ich, aber ich bin ja auch diejenige, die das Puzzle lösen muss.

Wieder rufe ich nach Santo, und wieder warte ich.

Es dauert eine Weile, doch schließlich kommt er zwischen den Bäumen hervor. Wie immer freut er sich, mich zu sehen, und läuft schneller. Wie ein Pferd trottet er auf mich zu, sein schwarzer Schwanz schlägt hin und her. Als ich die Schüssel auf den

Boden stelle, stupst er erst mit der Schnauze an meine Hand, bevor er sich über das Fressen hermacht. Seine Nase ist ganz kalt.

In kürzester Zeit hat er die Schüssel leer gefressen. Dann hocke ich mich neben ihn und kraule ihn hinter den Ohren. Sein Fell ist kurz und feucht, so als hätte er sich im nassen Gras gewälzt. Kann ja sein. Was weiß ich, was Santo macht, wenn ich nicht in der Nähe bin?

Eins weiß ich ganz sicher: Ein Hund könnte ich nie sein. Hunde fressen einfach alles. Ich nicht. Ich bin wählerisch. Ich mag weder Avocados noch Pfirsiche, noch grüne Bohnen, noch Erbsen. Mais mag ich, aber nur gesalzen und in Butter gedünstet, ohne irgendwelche Beilagen. Ich mag Hamburger, aber keine Cheeseburger. Ich mag Pizza, aber nur ganz normale. Ich mag Clementinen, aber keine Orangen. Die sehen ja fast gleich aus, sind es aber nicht. Clementinen sind viel süßer. Orangen schmecken, wie Orangen eben schmecken, fertig.

»Guter Junge«, sage ich.

Er geht nicht einfach weg, wenn er fertig ist mit Fressen. Natürlich hat unsere Freundschaft viel damit zu tun, dass ich ihm Essen bringe, aber das ist nicht der einzige Grund, weswegen Santo mich mag. Das merke ich daran, dass er immer noch eine Weile bei mir bleibt, wenn er gefressen hat. Er folgt mir wie ein Assistent. Wenn ich gehe, geht er auch. Wenn ich mich setze, setzt er sich auch. Aber wenn es für mich Zeit wird aufzubrechen, dann spürt er das irgendwie und geht zurück in den dichten Wald, wo er sich dann im Gras wälzt oder was er eben so macht alleine.

Aber jetzt gerade laufen wir zusammen über die Lichtung, und ich erzähle ihm, was sich in meinem Leben so getan hat, seit wir uns zuletzt gesprochen haben.

»Wir haben jetzt Sommerferien«, berichte ich. »Die anderen sind praktisch aus dem Gebäude gerannt am Ende des letzten Schultages. Ich sollte mich wirklich auch mehr freuen, aber ich kann's nicht. Ich will nicht behaupten, dass ich Schule toll finde – sie ist ganz okay –, aber wenigstens hat man immer etwas zu tun. Ein Gutes haben die Ferien jedenfalls: Ich kann öfter als sonst herkommen und dir Fressen bringen. Ich wünschte, du könntest mit zu mir nach Hause kommen oder meinetwegen auch zu anderen netten Leuten, aber solange das nicht geht, ist das hier eben die zweitbeste Lösung.«

Wir kommen zu einem umgestürzten Baumstamm, der genau zwischen zwei Bäumen liegt. Das ist einer meiner liebsten Sitzplätze im Wald, und auch jetzt setze ich mich wieder auf den Stamm. Santo lässt sich zu meinen Füßen nieder.

»Heute haben Leute bei uns geklingelt, mit Broschüren von ihrer Kirche«, erzähle ich weiter. »Und nachher gehe ich zu einer Hellseherin. Kaori Tanaka heißt sie.«

Nachdem ich Santo auf den neuesten Stand gebracht habe, hole ich mein zoologisches Tagebuch und den Stift aus der Tasche. Ich bin schließlich hergekommen, um zu notieren, was Eichhörnchen so machen. Darauf wollte ich mich heute ganz konzentrieren. Ich stelle mir gern vor, ich wäre Jane Goodall, nur mit Eichhörnchen statt mit Schimpansen. Es wäre schön, wenn es hier im Wald Schimpansen gäbe, aber das ist extrem unwahrscheinlich. Ich bin mir nicht einmal sicher, ob es irgendwo in den USA welche gibt, außer in Zoos natürlich. Das muss ich später mal herausfinden. *Wo kommen Schimpansen vor?* notiere ich in meinem Tagebuch und male ein ⋆ daneben. So ein Sternchen bedeutet immer: Später recherchieren. So habe ich ein ganzes System entwickelt für meine zoologischen Forschungen. Wer die Tierwelt studieren will, muss gut organisiert sein. Sonst werden Aufzeichnungen schnell völlig chaotisch.

Ich gebe es ja ungern zu, aber mein allererstes zoologisches Tagebuch habe ich wegen Roberta angefangen. Wir waren mal befreundet, aber das war lange bevor sie mir das Buch über berühmte gehörlose Menschen schenkte. Zu der Geburtstagsfeier damals kam sie überhaupt nur, weil ihre Mutter sie dazu gezwungen hat. Das habe ich gemerkt. Bei den anderen Mädchen war das genauso. Aber früher, da waren Roberta und ich mal beste Freundinnen, auch wenn sie mir oft auf den Geist ging. Damals machte es ihr Spaß, in den Wald zu gehen, um Tiere und Pflanzen zu erkunden. Das ist vorbei – inzwischen trägt sie Wimperntusche und Lipgloss und feine Sommerkleidchen. Aber damals, da hat sie sich gerne vorgestellt, wir wären richtige Abenteurerinnen.

Das Einzige, wovor sie sich fürchtete, waren Schlangen. Ihr Vater hatte irgendwann einmal erwähnt, dass es im Wald Schlangen gebe, und von da an hatte Roberta schreckliche Angst davor. Um ihr den Schrecken zu nehmen, habe ich, so viel wie ich konnte, über Schlangen gelesen. Damit wir wussten, wie wir uns verhalten mussten, um nicht gebissen zu werden. Alles, was ich herausfand, schrieb ich in mein Notizbuch:

1. Schlangen niemals reizen! Nicht treten oder mit einem Stock anstoßen, sonst beißen sie!
2. NIE, NIE, NIE eine Schlange am Schwanz hochheben
3. Hohes Gras meiden!

4. Wenn du eine Schlange siehst, geh ruhig weiter. Beachte sie nicht. Die meisten Menschen werden gebissen bei dem Versuch, sich eine Schlange näher anzusehen oder sie zu fangen.
5. Falls du von einer Giftschlange gebissen wirst: SOFORT zum Arzt!

Alle diese Informationen habe ich an Roberta weitergegeben, und danach hatte sie gleich weniger Angst. Man kann sich das Leben viel leichter machen, indem man auf mögliche Ereignisse gut vorbereitet ist.

Ich wünschte, ich wäre auch darauf vorbereitet gewesen, dass Roberta nicht mehr mit mir befreundet sein wollte.

Du kennst das vielleicht: Leute, mit denen man befreundet ist, verbringen irgendwann immer mehr Zeit mit anderen, ohne dass man sagen könnte, wann das anfing. Mit Roberta war das anders. Ich kann dir sogar das genaue Datum sagen. Es war der 12. Oktober, und wir waren in der vierten Klasse. Roberta und die anderen Mädchen spielten Fangen, und ich machte mit, so gut ich konnte. Aber nach dem Spiel kam Roberta zu mir und sagte: »Wir wollen nicht mehr, dass du bei uns mitmachst.«

»Wieso?«, habe ich gefragt, aber eigentlich wusste ich die Antwort schon.

»Die drei WIEs sind uns zu umständlich«, antwortete sie. »Außerdem bist du zu langsam.«

Die drei WIEs nannten wir die Regeln, die meine Mitschüler beachten sollten, wenn sie mit mir sprachen: Schau mich an – Halt nicht die Hand vor den Mund – Sprich deutlich.

Ich wusste auch, was sie mit der Behauptung meinte, ich sei zu langsam.

Wenn wir um die Wette liefen, war ich mir nie ganz sicher, wann Megan Lewis »Achtung – fertig – los!« rief. Ich sah, dass sie sich anschickte, das Kommando zu geben, aber ich war mir nie sicher, ob sie schon alle drei Wörter gesagt hatte. Wenn wir *Reise nach Jerusalem* spielten, hörte ich nicht, wann die Musik aufhörte. Beim Versteckenspielen wusste ich nicht, ob jemand »Eins, zwei, drei, jetzt komme ich« gerufen hatte. Irgendwie habe ich es immer mitbekommen, aber normalerweise war ich zwei, drei Schritte hinter den anderen zurück. Meinetwegen verlief das Spiel langsamer, das wusste ich auch. Mir war nur nicht klar, dass auch alle anderen das wussten. Ich dachte, ich hätte sie täuschen können. Doch Roberta hat mir die Augen geöffnet.

»Vielleicht findest du ja neue Freundinnen«, sagte sie noch.

Als ginge das so einfach, mit einem Fingerschnipsen.

An dem Abend habe ich bei meiner Mutter auf dem Schoß gesessen und geweint, so unglücklich war ich. Meine Mutter sagte, wenn die anderen wahre Freundinnen wären, dann hätten sie sich ein Spiel ausgedacht, das wir alle zusammen spielen könnten. Ich hasse es, wenn sie solche Sachen sagt. Dann denke ich, sie kapiert einfach gar nichts. Lieber schlechte Freunde als gar keine. Außerdem war das ja genau der Grund, weswegen ich weinte. Weil ich gedacht hatte, die anderen seien wahre Freundinnen.

Aber jetzt bin ich solo, und alles läuft super.

Ich weiß, ich habe zum heiligen René gebetet, dass er mir einen Freund schickt, der mich vor Kaori Tanaka beschützt. Nur so, für alle Fälle. Aber da bin ich drüber weg. Mir geht's gut. Ich sitze hier, zeichne in mein Tagebuch, halte nach Eichhörnchen Ausschau und habe einen treuen Hund zu meinen Füßen sitzen. Dem ist es egal, dass ich ihn nicht höre, und er braucht auch keine WIE-Regeln.

Was könnte ich mir mehr wünschen?

20
Schreie

Virgil konnte sich nicht erinnern, dass er in seinem Leben je geschrien hätte. Auch nur ein einziges Mal. Dabei war er überzeugt, dass es irgendwann passiert sein musste. Wer lebte schon elf Jahre lang, ohne auch nur einmal zu schreien? Aber Virgils Gedächtnis war ausgezeichnet, und an Schreie erinnerte er sich nicht. Ob er wenigstens als Baby geschrien hatte? Er sollte seine Mutter fragen. Die würde es wissen.

»Du bist der stillste Junge in der Geschichte der Familie Salinas«, sagte sie oft. Anschließend fügte sie jedes Mal hinzu: »Wenn wir je mit dir auf die Philippinen reisen, müssen wir dir vorher Sprechen beibringen. Sonst übersehen dich alle, und du kommst unter ein Caribou oder einen Jeepney.« Darüber musste sie jedes Mal lachen, obwohl sie die Bemerkung schon eine Million Mal gemacht hatte. Virgil verstand nicht, wie seine Mutter sie noch immer lustig finden konnte. Um ehrlich zu sein, hatte er schon beim ersten Mal nicht darüber lachen können. Die Vorstellung, von einem Caribou oder einem Jeepney zerquetscht zu werden, machte ihm Angst, auch wenn er sich nicht wirklich sicher war, was Caribous oder Jeepneys waren.

Es war nicht so, als fühlte Virgil sich von seinen Eltern nicht geliebt. Er verstand bloß nicht, wieso sie es so schrecklich wichtig fanden, dass er »unter seinem Panzer hervorkam«. Was war denn so schlimm an einem Panzer? Schildkröten lebten seit über zweihundert Millionen Jahren auf der Erde, länger als Schlangen und Krokodile, und sie wurden sogar ziemlich alt. Nordamerikanische Dosenschildkröten konnten über hundert Jahre alt werden, und ihr Sehvermögen und ihr Geruchssinn waren ausgezeichnet. Was wäre passiert, wenn man die Schildkröten vor zweihundert Millionen Jahren gezwungen hätte, ihren Panzer zu verlassen? Wahrscheinlich gäbe es sie heute nicht mehr.

Virgil lehnte sich gegen die feuchtkalte Wand des Brunnens. Am Boden gab es ringsherum einen Mauersockel, doch selbst wenn er sich darauf stellte, reichte er nicht an die Leiter heran. Virgil überlegte, ob er sich hinsetzen sollte. Oder wäre sitzen vielleicht dasselbe wie aufgeben?

Er fragte sich, wie spät es wohl war.

Er fragte sich, ob er um Hilfe schreien sollte.

Einerseits schien es ihm sinnvoll, andererseits stellte er sich, sobald er den Mund aufmachte, vor, wie seine Hilferufe hoch hinaufflogen, dröhnend durch den Wald rasten, das Laub erzittern ließen, die Vögel erschreckten und schließlich auf den fetten, wachsartigen Ohren von Chet Bullens landeten. Virgil stellte sich weiter vor, wie Bulle durch den Wald stampfte, grunzend und keuchend, bis er ihn wie ein Wolf gewittert hätte. Das letzte Bild, das er vor sich sah, war, wie Bulle die Abdeckung nahm, den Brunnen verschloss und Virgil so für immer unten einsperrte.

Besser, ich warte noch eine Weile, dachte er. Bis dahin wäre Bulle sicher nach Hause gegangen.

Das Problem war, dass er keine Ahnung hatte, wie lange *eine Weile* war, denn eine Uhr hatte er nicht, und sein Handy war kaputt. Also beschloss Virgil, sich auf sein Gefühl zu verlassen. Aber wie fühlte es sich an, seit er hier unten saß? Wie zehn Minuten? Wie vierzig Minuten? Woher sollte er das wissen? Zahlen waren sowieso nicht Virgils starke Seite, und wie lange etwas dauerte, das konnte er schon gar nicht gut schätzen. Sein Vater hatte deswegen einmal ganz entnervt die Hände in die Luft geworfen und gesagt: »*Ay, dios ko!** Lass gut sein, Virgilio, Hauptsache, du weißt, wann etwas losgeht und wann es zu Ende ist. Die Zeit dazwischen kann dir egal sein.«

Virgil war sich nicht sicher, ob das jetzt ein Anfang, ein Ende oder etwas dazwischen war. Er wusste nur, dass ihm die Beine wehtaten und dass die Sonne nicht mehr so hell hereinschien, also legte er den Kopf in den Nacken und rief: »Hallo! Hallo!« Sehr laut kam ihm das nicht vor. Konnte irgendjemand ihn so hören? Er musste lauter rufen.

»Hallo! Hallo!«

Gullivers Schnurrbarthaare erstarrten, und die schwarzen Knopfaugen richteten sich fest auf Virgil. Gulliver saß weiter in seinem Nest im Rucksack, den Virgil sich vorn aufgesetzt hatte, damit er sich gleichzeitig an die Mauer lehnen und Gulliver im Blick halten konnte.

»Hallo! Hallo! Hilfe! Hilfe!«

Nie zuvor hatte er um Hilfe gerufen. Es hörte sich merkwürdig an. Aber wenn er je Hilfe gebraucht hatte, dann jetzt. Er sammelte alle Kraft,

* Oh mein Gott!

die er tief, tief in sich finden konnte, und holte Luft, so kräftig, dass sein Brustkorb sich wie ein Ballon füllte.

Dann brüllte er wieder, so laut wie noch nie zuvor: »Hilfe! Hilfe!«

Seine Stimme erschreckte ihn. Sie klang gar nicht wie seine eigene. Sie durchdrang seinen ganzen Körper bis hinunter zu den Zehen. Wer hätte gedacht, dass er so laut sein konnte?

Wenn doch bloß seine Eltern ihn jetzt hören könnten!

21
Valencia

Eichhörnchen haben immer zu tun. Sie müssen die geschäftigsten Tiere der Welt sein. So geschäftig, dass sie darüber vergesslich werden. Ich habe gelesen, dass Eichhörnchen den größten Teil ihrer Zeit damit verbringen, Eicheln für später zu verstecken, doch dann vergessen sie ihre Verstecke wieder. Auf die Weise entstehen neue Bäume. Tausende von Eicheln müssen in der Erde vergraben sein. Vielleicht sogar Millionen. Sollte ich je als einziger Mensch auf der Welt übrig sein, so wie in meinem Albtraum, ohne Strom und frisches Gemüse, dann grabe ich in der Erde und finde diese vergessenen Eicheln. Davon könnte ich monatelang oder auch jahrelang leben. Und wenn ich dann irgendwann auf eine andere Zivilisation treffe, werden die Leute mich fragen: »Wie hast du denn überlebt, Valencia?« Dann sage ich: »Ich habe all diese Eicheln gegessen, die die Eichhörnchen vergraben hatten.« *Wow*, werden die Menschen denken, *so ein schlaues Mädchen!*

Durch meine Beobachtungen habe ich gelernt, dass Eichhörnchen Nester in Bäumen bauen. Früher dachte ich, sie lebten in der Erde, aber jetzt weiß ich es besser. Aus Zweigen und Laub bauen sie Nester, die auf den ersten Blick wie Vogelnester aussehen. Ich wünschte, ich könnte auf einen der Bäume klettern und mir so ein Eichhörnchennest mal aus der Nähe ansehen, aber das wäre schwierig. Wahrscheinlich würde ich aus zehn Metern Höhe abstürzen und mir siebenundzwanzig Knochen oder so brechen. Außerdem soll man die Natur in Ruhe lassen.

Manchmal mische ich mich allerdings doch ein. Aber nur, wenn es nötig ist. Vor ein paar Minuten zum Beispiel habe ich eine Handvoll Eicheln genommen und am Fuß der großen Kiefer neben meinem umgestürzten Baumstamm abgelegt. Ich wollte sehen, wie die Eichhörnchen reagieren würden. Und was glaubst du? Nur Minuten später huschte ein Eichhörnchen vom Baum herab, nahm sich ein paar von den Eicheln und flitzte mit ihnen davon. Sie müssen so eine Art Nussradar haben.

Eichhörnchen gehören zu den Nagetieren. Heißt das, alle Nagetiere mögen Nüsse? Ich habe noch nie eine Ratte mit einer Eichel gesehen. Andererseits: In der freien Natur trifft man normalerweise auch nicht auf Ratten. Warum eigentlich nicht?

Zwei neue Fragen für mein Tagebuch:

* Mögen auch andere Nagetiere Nüsse?
* Wieso sehe ich im Wald nie Ratten?

Langsam wird es Zeit, zu Kaori zu gehen. Ein bisschen nervös bin ich schon, wenn ich ehrlich bin. Ich stehe auf, stecke mein Tagebuch in die Tasche und schließe die Augen.

»Lieber heiliger René«, sage ich, »ich gehe jetzt zu Kaori Tanaka und bitte dich um zwei Gefallen. Erstens: Pass auf mich auf, nur für alle Fälle. Zweitens: Hilf mir, meine Albträume loszuwerden, damit es ein schöner Sommer werden kann. Oder doch wenigstens ein Sommer, in dem ich gut schlafe.«

Ich schlage die Augen wieder auf und sehe gerade noch, wie Santo zwischen den Bäumen verschwindet. Ich hole tief Luft und mache mich auf den Weg ans andere Ende des Waldes. Weil ich so tief in Gedanken bin, übersehe ich fast den alten Brunnen, den ich sonst immer anschaue, weil er zu meinen Lieblingsplätzen gehört. Ich glaube, er stammt noch aus der Zeit, als die USA eine britische Kolonie waren, aber genau weiß ich es nicht. Er sieht noch ganz intakt aus, vermutlich, weil er aus Stein gebaut ist. Bis auf die schwere Holzplatte, die den Brunnen abdeckt. Aber irgendwas ist heute anders.

Die Platte liegt nicht an ihrem Platz.

Ich gehe näher heran. Tatsächlich, der Brunnen ist weit offen. Jemand hat sich hier zu schaffen gemacht. Jetzt sehe ich auch die Beweise: eine kleine Ansammlung von Steinen, ordentlich aneinandergereiht. Ich könnte wetten, jemand hat den Brunnen aufgemacht, um Steine hineinzuschmeißen. Eine ziemlich öde Art, sich die Zeit zu vertreiben, aber ich versuch's trotzdem mal. Einen nach dem anderen lass ich die Steine in die Tiefe fallen.

Finster ist es darin.

Sehr finster.

Ich muss an die Kristallhöhlen denken. Nur: Irgendetwas stimmt hier nicht. Ich weiß nicht, was es ist, aber auf einmal läuft mir ein Schauder über den Rücken, und ich ziehe die Hände ruckartig weg.

Habe ich da gerade etwas gehört, oder bilde ich mir das nur ein?

Ich trete einen kleinen Schritt zurück, so als könnte gleich etwas aus dem Brunnen hochschießen und mich anspringen. Doch dann beuge ich mich vor und spähe wieder hinunter. Alles schwarz. Manchmal, wenn ich etwas nicht hören kann, kann ich es fühlen. Fühle ich auch jetzt irgendetwas?

Ich sollte die Abdeckung zurücklegen. Das offene Loch macht mir Sorgen. Ein Tier könnte hineinfallen. Was, wenn ein neugieriges Eichhörnchen am Rand herumklettert, hineinfällt und nicht mehr rauskann?

Der heilige René hat Kinder gesegnet, damit ihnen nichts passierte. So jemand wäre ich gern für die Eichhörnchen. Ich will nicht behaupten, ich sei so mutig wie er – der Heilige wurde immerhin entführt und so –, aber ich wäre gerne wie er. Ich weiß schon, Eichhörnchen können gut auf sich selbst aufpassen, meistens jedenfalls. Aber so ein offener Brunnen könnte sie verwirren.

Doch! Besser, ich lege die Abdeckung zurück.

Aber selbst als der Brunnen sicher abgedeckt ist, bleibt dieses mulmige Gefühl. Es geht nicht weg, selbst dann nicht, als ich aus dem Wald heraustrete und die Straße überquere, um zu Kaoris Haus zu gelangen.

22
Stell dir vor, du wärst ganz woanders

Die Dunkelheit hatte Zähne, die zuschnappten und sich festbissen, und tief in ihrem Rachen saß Virgil. Er konnte nicht die Hand vor Augen sehen. Nicht den kleinsten Lichtschein. Nicht einmal einen stecknadelgroßen Punkt.

»Bulle will mich umbringen«, sagte er.

Das hätte er nie für möglich gehalten, nicht im Ernst – aber welche andere Erklärung sollte es geben? Seine Hilferufe waren durch den Wald geflogen und auf Bulles fetten Ohren gelandet, genau wie Virgil es hatte kommen sehen. Als die Steine herunterflogen, hatte er sich schützend über Gulliver gebeugt. Gleich darauf war das Licht ausgelöscht worden. Bulle wollte sich erst über ihn lustig machen und ihn dann töten. Das war die einzige logische Erklärung: Wer außer Chet Bullens würde so etwas tun?

Virgils Herz klopfte jetzt sehr schnell. Zu schnell. *Vielleicht habe ich einen Herzinfarkt,* dachte er. *Fühlte sich das so an? Konnten auch Elfjährige schon einen Herzinfarkt haben?*

Er bekam keine Luft. Die Dunkelheit war in seine Lungen eingedrungen. Keuchend presste er den Rucksack an sich und legte beide Arme darum wie um eine Rettungsinsel. Gulliver zwitscherte ahnungslos. Oder vielleicht hatte er doch eine Ahnung und verabschiedete sich gerade von Virgil.

Als Gulliver zu zwitschern aufhörte, füllte ein seltsamer Ton den Brunnen – eine Mischung aus Heulen, Japsen und Schluckauf. Aufgeregt versuchte Virgil im Dunkeln irgendetwas zu erkennen, bis er endlich begriff, dass dieser Ton von ihm selbst kam. Vielleicht starb er also gar nicht an einem Herzinfarkt, sondern an einem Asthmaanfall. Oder an beidem gleichzeitig.

Die Luft blieb ihm in der Kehle stecken, er rang nach Atem und erstickte fast.

»Ganz ruhig! Ganz ruhig!«, sagte er zu sich selbst, doch weil er so keuchte, klang es eher wie GA-A-UI-IG. Trotzdem half es irgendwie. Immerhin hatte er nicht mehr das Gefühl zu ersticken. Seinen Rucksack ließ er bei alledem nicht los. Um Gulliver zu beschützen, redete er sich ein. Doch er wusste, es war andersherum.

Am Boden eines Brunnens ist es still, ganz still. Virgil hatte nie begriffen, wie laut die Welt ist, bis er auf einmal gar nichts mehr hörte. Keine Autos, die in der Ferne vorbeirollten, kein Brummen einer Klimaanlage in der Nähe. Keine zwitschernden Vögel. Nicht einmal das Fallen von Laub war zu hören.

»Das ist das Ende«, sagte Virgil und hockte sich auf den niedrigen Sockel am Grund des Brunnens. »Kein Mensch weiß, wo ich bin. Es wird noch viele Generationen der Familie Salinas geben, aber niemand von ihnen wird wissen, dass ich hier bin.«

Es gab einmal einen Jungen namens Virgilio in unserer Familie, doch niemand weiß, was aus ihm geworden ist, würde man sagen und sich dabei bekreuzigen. Während all der Jahre würden seine Knochen am Grunde dieses tiefen Lochs liegen, neben Gullivers kleinen Knochen, die so fein waren, dass sie irgendwann wie Bindfäden aussähen.

Virgils Hals fühlte sich ganz trocken an, und der Kopf wurde ihm schwer, ganz plötzlich, so als hätte ihm jemand einen Ziegelstein auf die Stirn gelegt, den er balancieren sollte. Virgil öffnete den Mund, um ganz tief Luft zu holen, aber er schaffte es nicht. Seine Lungen fühlten sich voll und leer zugleich an. Sein Körper war ein einziges Bündel aus Nerven, die gleichzeitig angespannt und entspannt werden.

Langsam kam zu Dunkelheit und Stille auch noch der Gestank dazu. Es stank nach Schimmel und abgestandenem Wasser. Der Geruch erinnerte ihn an den der Küchenspüle, wenn der Ausguss verstopft war.

Virgil schloss die Augen. »Stell dir vor, du wärst ganz woanders.« Das hatte seine Mutter ihm immer gesagt, wenn er als kleiner Junge böse Träume gehabt hatte. Bevor sie anfing, ihn Turtle zu nennen. Bevor seine Eltern merkten, dass er nicht perfekt sein würde wie seine Brüder. »Stell dir vor, du wärst ganz woanders.«

Er stellte sich sein Zimmer vor, in dem Gulliver gerade mit seiner Wasserflasche klapperte. Er stellte sich Kaoris Zimmer vor mit dem kreisrunden Teppich und dem Räucherstäbchengeruch, der ihn immer an verbrannte Blumen erinnerte. Er stellte sich Lola vor, wie sie am Tisch saß und kopfschüttelnd die Zeitung las.

Diese Bilder hätten vielleicht auch geholfen, wenn statt Virgils Augen seine Ohren verschlossen gewesen wären, doch die waren offen und aufmerksam und nahmen gerade einen entfernten Laut in der Dunkelheit wahr.

Achte nicht darauf, dachte Virgil. *Das war sicher nur Gulliver.*

Doch Virgil kannte Gullivers Geräusche sehr genau, und das eben gehörte nicht dazu. Gullivers Geräusche waren freundlich und leicht zu deuten. Er quiekte, wenn er Hunger hatte, und zwitscherte, wenn er zufrieden war. Viel anderes machten Meerschweinchen nicht. Schon gar nicht so ein Rascheln. Sie hatten gar nichts, womit sie rascheln konnten.

Stell dir vor, du wärst ganz woanders.

In Gedanken kehrte er wieder in sein Zimmer zurück, doch das Bild verblasste sofort wieder, genau wie Kaori und der Teppich. Sogar Lola und der Tisch waren sofort verschluckt.

Dieses Geräusch – was war das nur?

Flügel! Jetzt hatte er's. Flügel, die sich ausbreiteten, Flügel, die sich wieder schlossen.

Eine Fledermauskolonie vielleicht, bereit, sich mit ihren spitzen Zähnen auf ihn zu stürzen.

Das Geräusch wurde lauter.

Virgil wagte es nicht, die Augen aufzumachen. Seine Füße waren schwer wie Zementblöcke, seine Beine Gummibänder und seine Lippen so zusammengepresst, dass er nur noch durch die Nase atmete. Atmen konnte man das eigentlich nicht nennen. Eher hecheln.

Der Klang dieser hektischen, nutzlosen Atemzüge füllte den Brunnen, doch das Rascheln war noch lauter. Jetzt begriff Virgil, dass das keine Fledermäuse sein konnten.

Dieses Geräusch kam von etwas Kräftigerem.

Etwas mit Federn.

Mit Flügeln, die ein ganzes Dorf zudecken konnten.

Das war Pah.

23
Eine Frage der Zeit

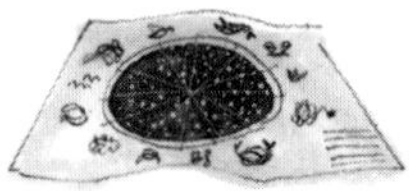

Kaori Tanakas erstes Wort war *Nomade* gewesen, obwohl es in ihrer Familie solche nicht sesshaften Menschen gar nicht gab. Jedenfalls nicht, soweit Kaori wusste, und ihre Eltern gehörten schon gar nicht dazu. Etwas jedoch hatte sie von ihren Eltern geerbt, vor allem von ihrer Mutter, und das war ein sehr genaues Zeitgefühl. Als Gens große Schwester hatte sie es daher auch als eine ihrer wichtigsten Aufgaben angesehen, ihr beizubringen, die Uhr zu lesen. Dummerweise hatte Gen so gar kein Talent dafür.

»Wie spät ist es?«, hatte Kaori Gen vor ein paar Jahren mal gefragt, als die gerade erst lernte, die Uhr zu lesen. Kaori hatte ihr ein Zifferblatt auf ein

Stück Papier gezeichnet. Jeder sah auf Anhieb, dass es drei Uhr dreißig war – also der Höhepunkt der Hexenzeit. Doch Gen starrte nur verständnislos auf die Zeichnung. Anstatt die richtige Uhrzeit zu sagen, setzte sie sich mit ausgestreckten Beinen hin und spielte mit ihren Zehen. Sie war schon immer ein zappeliges Kind gewesen.

»Weiß ich nicht«, antwortete sie schließlich. »Ist doch auch egal. Ich guck einfach auf Mamas Handy oder auf die Uhr an der Mikrowelle, dann sehe ich die Zahlen.«

»Hier hast du auch Zahlen.«

»Aber bei diesem Ding weiß ich nicht sofort, wie spät es ist.«

Kaori seufzte. »Im Leben kann man nicht alles immer sofort haben.«

Das war das erste und letzte Mal gewesen, dass Kaori versucht hatte, Gen die Uhr zu erklären. Dagegen hörte sie nie auf, ihr einzuimpfen, dass Pünktlichkeit eine der wichtigsten Tugenden sei.

Daher schätzte Kaori an Virgil unter anderem eins ganz besonders: dass er stets pünktlich war. Wenn er sagte, er werde um acht Uhr dreizehn Minuten und vierzig Sekunden irgendwo sein, dann war er auch exakt zu dieser Zeit da. Vielleicht etwas früher, niemals später. Nicht einmal eine Minute.

Daher wusste Kaori, noch bevor sie auf die Uhr schaute und sah, dass Virgil bereits eine Viertelstunde verspätet war, dass irgendetwas nicht stimmte.

»Das sieht ihm nicht ähnlich, einfach nicht zu kommen. Er hat nicht einmal eine Nachricht geschickt, so was wie *Tut mir leid, kann heute nicht*«, sagte Kaori zu Gen. Sie standen nebeneinander am Wohnzimmerfenster, schauten zwischen den Lamellen der Jalousie hindurch und warteten darauf, dass Virgils magere kleine Gestalt auftauchte. »Es ist nicht in Ordnung, dass er sich gar nicht meldet, wo er doch genau weiß, wie kostbar meine Zeit ist. Außerdem kommt nachher noch die neue Kundin.«

»Vielleicht hat er's vergessen«, sagte Gen.

»Glaub ich nicht«, antwortete Kaori.

»Oder er musste irgendwas für seine Eltern machen und konnte nicht mehr Bescheid sagen.«

Das war schon eher möglich. Eltern hatten die Angewohnheit, einem immer in die Quere zu kommen und alles durcheinanderzubringen. Trotzdem …

»Irgendetwas stimmt da nicht«, sagte Kaori. »Er hätte auf jeden Fall geschrieben oder so.« Sie öffnete die Haustür, trat hinaus und suchte mit ihren schwarz umrandeten Augen die Straße ab. Das zeigte, wie besorgt sie war. Sonst erwartete sie ihre

Kunden nie auf der Straße, sondern verlangte immer ein Passwort. Man muss sich schützen, wenn man die Gabe des zweiten Gesichts hat. Wenn man bedenkt, wie es den Hexen im Mittelalter ergangen ist …

Gen stand neben ihr, die Arme auf dieselbe Art vor der Brust verschränkt. Wenn die Eltern der beiden zu Hause gewesen wären, hätten sie längst gerufen, die Mädchen sollten die Tür zumachen. Die gute klimatisierte Luft würde aus dem Haus ziehen; ob sie nicht wüssten, wie viel Geld sie auf diese Weise verschwendeten. Doch Mr. und Mrs. Tanaka machten die Wochenendbesorgungen – gelobt seien die Geister der Ahnen.

»Ich habe ein ganz schlechtes Gefühl«, sagte Kaori. Sie legte den Kopf in den Nacken und suchte den Himmel nach Zeichen ab, doch der war leuchtend blau und ganz ohne Wolken. Manche Leute nannten solche Tage schön, aber für Kaori hatten Regengüsse viel mehr Persönlichkeit.

Gen machte große Augen. »Vielleicht solltest du die Kristalle befragen.«

Natürlich, die Kristalle! Wie hatte sie die vergessen können? Aber eigentlich waren die für ganz besondere Gelegenheiten reserviert, und Kaori war sich nicht sicher, ob zwanzig Minuten Verspätung schon darunterfielen.

»Komm, wir schreiben ihm noch mal, sicherheitshalber«, sagte Kaori. Sie gingen ins Haus zurück und holten Kaoris Handy. Sie benutzte es lieber nicht im Geisterzimmer, denn sie war sich nicht sicher, wie man im Jenseits zu solchen Dingen stand. Zwar hatte sie den Geistern der Ahnen erklärt, was es mit Handys und dem Internet auf sich hatte, aber man wusste ja nie.

Virgil antwortete nicht auf die SMS, und als Kaori ihn anrief, meldete sich nur der Anrufbeantworter. Kaori legte auf, lehnte sich an die Wand im Flur und kaute an der Unterlippe.

Um elf Uhr dreißig hatte sie ein mulmiges Gefühl im Bauch.

Um elf Uhr fünfunddreißig war sie sich sicher, dass irgendetwas Ernstes passiert sein musste.

Um elf Uhr vierzig war sie überzeugt, dass Virgil etwas Schreckliches zugestoßen sein musste und es nun Zeit wurde, die Kristalle zu befragen.

Kaori bewahrte sie in einem kleinen Samtbeutel auf, der in einem verschlossenen Kistchen unter ihrem Bett lag, hinter einem Stapel Zauberbücher. Die Einzige, die diesen Ort sonst noch kannte, war Gen, und es war das größte Geheimnis zwischen den Schwestern.

Gen hatte bei ihrem vergangenen, gegenwärtigen und zukünftigen Leben schwören müssen, dass sie das Versteck niemandem verraten würde, solange sie lebte.

Als Gen Kaori einmal gefragt hatte, wo die Kristalle herkamen, hatte Kaori einen Finger auf die Lippen gelegt und gesagt: »Es ist der Bewahrerin der Geheimnisse nicht erlaubt, Fragen zu stellen.«

In Wahrheit hatte Kaori sie auf einem Flohmarkt erstanden. Mrs. Tanaka liebte private Flohmärkte, und sie war ganz begeistert gewesen, als Kaori sie begleiten wollte. »Mutter-Tochter-Zeit« nannte Mrs. Tanaka das. Dabei wollte Kaori sich eigentlich nur einmal anschauen, welche Schätze die Leute für ein paar Münzen hergaben. Bei der Gelegenheit hatte sie die Kristalle entdeckt.

Die Frau, die sie verkaufte, hatte gesagt, die Glassteine seien als Deko für Blumenvasen gedacht. Aber Kaori wusste es besser. Die Geheimnisse des Universums verbargen sich in schönen und ungewöhnlichen Gegenständen wie diesen, und nur einige wenige Auserwählte konnten ihnen ihre Geheimnisse entlocken. Und so hatte Kaori die Kristalle für zehn Cent gekauft.

Während Kaori die Tür abschloss, schlängelte sich Gen unters Bett, um das Kistchen hervorzuholen. Dann trug sie es zum runden Teppich, Kaori öffnete es, nahm den Beutel heraus und kippte die

Steine auf den Teppich. Beide Mädchen beugten sich vor und musterten sie genau.

»Was siehst du?«, fragte Gen leise.

Ohne die Kristalle zu berühren, betrachtete Kaori jeden für sich prüfend. Jeder hatte eine andere Farbe. Rot, Blau, Rosa und Transparent. Den transparenten sah sie mit besonderem Interesse an.

»Er hat unsere Verabredung nicht vergessen«, sagte sie. »Er hängt irgendwo fest.«

»Woran denn? An einem Nagel?«

»Nein, Quatsch. Ich meine, er ist aufgehalten worden.« Sie richtete sich auf und sagte mit einer gewissen Autorität: »Etwas hat ihn daran gehindert herzukommen.«

»Das wissen wir doch schon. Sonst wäre er ja hier.«

Kaori beachtete sie nicht. Als Assistentin war Gen sehr hilfreich, aber sie konnte unerträglich sein.

»Irgendetwas ist passiert«, sagte Kaori. »Da bin ich mir sicher.«

24
Valencia

Ich war zwar noch nie im Haus einer Hellseherin, hatte es mir aber trotzdem anders vorgestellt. Zumindest ein großes, hell leuchtendes Neonschild hatte ich erwartet: Ihr Schicksal steht in Ihren Händen oder HANDLESEN HIER.

Stattdessen führt mich die Adresse zu einem ganz normalen Haus. Ich weiß nicht, was ich davon halten soll. Ist das nun ein gutes oder ein schlechtes Zeichen? Heißt das, diese Kaori ist verrückt, oder das Gegenteil?

Es gibt nur eine Möglichkeit, das herauszufinden.

Ich gehe zur Haustür und läute. Am Vibrieren unter meinen Fingern erkenne ich, dass die Klingel funktioniert. Du würdest dich wundern, wie viele

Leute kaputte Klingeln haben. Mit klopfendem Herzen starre ich auf die Tür, aber ich muss nicht lange warten, denn gleich darauf geht sie auch schon auf, und ein kleines Mädchen steht da. So wie sie aussieht, ist sie in der ersten Klasse. Über ihrer Schulter hängt ein rosa Springseil. Sie ist viel jünger, als ich gedacht hatte, aber wenigstens ist sie keine Serienmörderin. Kein Wunder, dass ich im Internet nirgends etwas über sie finden konnte – sie ist vermutlich noch viel zu jung, um einen Computer zu benutzen.

»Passwort?«, sagt sie.

»Die Venus geht im Westen auf.«

Das Mädchen sieht auf meine Ohren. »Was hast du da?«

»Hörhilfen«, antworte ich.

Ich warte auf ihre Reaktion.

Manchmal erschrecken Leute, wenn sie erfahren, dass jemand nicht hören kann. Sie wollen nicht mit einem sprechen oder wissen nicht, wo sie hinschauen sollen. Ihre Blicke irren wild umher, so als suchten sie nach einem unsichtbaren Tor, durch das sie verschwinden können.

Aber dieses Mädchen sagt nur: »Du redest komisch.«

»Ich weiß«, sage ich. »Ich bin gehörlos, deshalb.«

»Ach so«, antwortet sie und zieht die Haustür weit auf.

Im Haus ist es sauber und ordentlich, und es riecht nach Räucherstäbchen. Rauchwölkchen ziehen aus einem Zimmer am Ende des Gangs. Dahin führt mich das Mädchen jetzt.

Lieber heiliger René, falls in diesem Räucherzimmer da vorne eine irre Psychokillerin ist, bitte beschütze mich. Amen.

Aber wie sich herausstellt, ist da keine irre Psychokillerin, sondern ein Mädchen in meinem Alter. Auf Anhieb weiß ich: Das ist Kaori. Die Arme in die Seiten gestemmt, steht sie vor einer großen Sternenkarte. Sie scheint in Gedanken zu sein und hat die Augenbrauen zusammengezogen, wie man es macht, wenn man besorgt ist. Erinnerst du dich an das, was ich über Augen gesagt habe? Dass sie viel über einen Menschen verraten? Augenbrauen verraten sogar noch mehr.

»Bist du Nur-Renée?«, fragt sie.

Im ersten Moment bin ich verwirrt, doch dann fällt mir wieder ein, dass ich ihr für alle Fälle einen erfundenen Namen genannt habe.

»Ja.«

Das kleine Mädchen stellt sich neben ihre Schwester, sodass beide mich ansehen.

»Sie hat Hörhilfen, und sie spricht komisch«, sagt die Kleine.

Ich erkläre ihnen die drei WIEs und erwarte, dass

sie nervös werden oder irgendwie peinlich berührt dreinschauen, aber nichts davon passiert, bei keiner der beiden. Kaori scheint in Gedanken immer noch woanders zu sein.

»Ich bin Kaori«, sagt sie schließlich. »Entschuldige bitte, aber ich bin ein bisschen unkonzentriert. Ein Kunde von mir sollte vor zwei Stunden hier sein und ist nicht gekommen. Ich mache mir Sorgen. Du hast ihn nicht zufällig gesehen?«

»Wie sieht er denn aus?«

»Klein, mager, mit brauner Haut und dunklen Haaren«, sagt Kaori. Sie schaut mir direkt ins Gesicht und redet langsam, so wie ich es ihr erklärt hatte. »Er macht immer ein ängstliches Gesicht und trägt einen lila Rucksack mit sich herum. Er ist elf.«

»Und er heißt Virgil«, ergänzt das kleine Mädchen. »Ich bin übrigens Gen.«

Einen Jungen, auf den diese Beschreibung passt, habe ich heute Morgen nicht gesehen, das weiß ich, aber irgendetwas an dieser Beschreibung kommt mir bekannt vor.

Dunkle Haut, dunkles Haar, lila Rucksack, ängstliches Gesicht.

Mir ist, als würde ich ihn kennen.

Der Name Virgil sagt mir gar nichts, aber das liegt daran, dass ich mir Namen allgemein nur schlecht merken kann. Gesichter behalte ich viel besser.

Auf dem Weg zu Kaori habe ich aber ganz sicher niemanden getroffen.

»Ich habe ihn nicht gesehen«, sage ich.

Kaori runzelt die Stirn. »Bestimmt kommt er noch.« Nach einer kurzen Pause ringt sie sich ein Lächeln ab und sagt: »Dann reden wir jetzt über deine Träume. Sind sie gut oder schlecht?«

»Wenn es schöne Träume wären, wäre ich nicht hier.«

»Stimmt auch wieder«, sagt Kaori. Dann zeigt sie auf einen runden Teppich und fordert mich auf, mich zu setzen.

»Also«, sagt sie, als Gen und sie mir gegenübersitzen, »fangen wir an.«

Mir fällt auf, dass der sorgenvolle Blick noch nicht aus ihrem Gesicht gewichen ist.

Nicht ganz.

25
Das Mädchen, das sein Schicksal nicht kannte

Virgil hielt sich die Ohren zu. So fest presste er die Handflächen dagegen, dass es direkt wehtat. Sein Herzschlag wanderte von der Brust bis in den Kopf, aber das seltsame Rascheln war noch immer da, und es wurde lauter. Dieses Geräusch zerzauster Vogelfedern schaffte es, alles andere zu übertönen – das *Bumbum, Bumbum, Bumbum* seines Herzens und das *Schnief, Schnief, Schnief* seiner Nase –, aber Virgil weigerte sich, die Augen aufzumachen. Das wäre auch gar nicht gegangen, denn sie waren einfach zugeklebt. Die Augäpfel taten ihm weh, und die Wangenknochen brannten. Sein ganzes Gesicht hatte sich zusammengeknotet.

Nein, er konnte nicht hinsehen. Unmöglich.

Die Flügel bewegten sich wieder. Kamen sie näher? Es fühlte sich so an.

Hatte da gerade eine Feder sein Gesicht berührt?

Virgil zuckte zusammen, so wie wenn er in der Schule aufgerufen wurde, obwohl er sich gar nicht gemeldet hatte. »Kannst du uns die Antwort sagen, Virgil?«, fragten die Lehrer dann und sahen ihm direkt ins Gesicht.

Dann schüttelte er immer den Kopf. Nein, nein, nein.

»Weiß jemand die Lösung? Du vielleicht, Virgil?«

Einmal, bei Miss Murray, hatte er es gewagt, ganz, ganz leise genau das zu sagen, was er dachte. »Ich habe mich doch gar nicht gemeldet.«

»Manchmal verlangt das Leben etwas von uns, auch wenn wir uns gar nicht zur Stelle gemeldet haben«, hatte Miss Murray geantwortet.

Die Flügel waren jetzt größer, eindeutig. Ausgebreitet berührten sie die gegenüberliegenden Wände des Brunnens und nahmen allen Platz ein, den Virgil und Gulliver nicht ausfüllen konnten.

Pah.

Wann würde er die Klauen des Vogels zu spüren bekommen?

»Mach die Augen auf«, hörte er eine Stimme sagen. »Das ist die Lösung.«

Seine eigene Stimme war das nicht gewesen. Diese Stimme kam aus dem Inneren des Brunnens, aus seinen Händen, seinem Herzen, seinem keuchenden Atem. Die Stimme hatte einen Körper und klang, als käme sie aus dem Jenseits. Es war die Stimme eines Mädchens, eine, die er nie zuvor gehört hatte.

Sein Mund fühlte sich staubtrocken an, doch Virgil schaffte es, ihn aufzumachen und zu fragen: »Wer war das?«

Doch er war sich nicht sicher, ob er wirklich gesprochen hatte, bis die Stimme antwortete.

»Ich.«

Die Stimme wehte durch den Brunnen wie Dampf, der aus einem Becher mit heißem Kakao aufsteigt. Virgil presste sich, so fest er nur konnte, gegen die Brunnenwand.

»Ich will die Augen aber nicht aufmachen«, sagte er. Dieses Mal war er sich ganz sicher, dass er laut gesprochen hatte.

»Je mehr Angst du hast, desto größer wird Pah«, sagte das Mädchen. »Außerdem ist er nicht so schrecklich, wie du glaubst. Was übrigens für das meiste im Leben gilt.«

Das sagte sie so ruhig, dass Virgil ihr fast glaubte. Obwohl sie nur ein Mädchen war, erinnerte sie ihn an Lola. Aber wo kam sie plötzlich her? Es gab nicht viele Dinge, bei denen er sich ganz sicher war – und jetzt schon gar nicht –, aber dass da kein Mädchen im Brunnen gewesen war, als er die Leiter hinabstieg, das wusste er genau.

»Ich glaube nicht an Geister«, sagte er, obwohl das nicht stimmte.

»Ich auch nicht«, antwortete das Mädchen.

Ihm fiel auf, dass er wieder ruhiger atmete; er konnte auch Pah nicht mehr hören, aber die Augen wollte er trotzdem nicht aufmachen. Was, wenn Pah ihm direkt ins Gesicht starrte, den gewaltigen Schnabel weit aufgesperrt?

»Das macht er nicht«, sagte das Mädchen. »Glaub mir.«

Woher wusste sie, was er gerade gedacht hatte?

»Ich höre, indem ich sehe«, antwortete sie.

Virgils Gesichtszüge entspannten sich. Seine Ohren waren schweißnass unter den Händen, aber er wagte es nicht, sie zu lösen. Stattdessen machte er die Augen auf. Langsam, ganz langsam.

Dunkelheit.

Noch mehr Dunkelheit.

Aber kein spitzer Schnabel. Keine Federn. Keine Klauen.

Kein Pah.

Der Brunnen war noch genau wie vorher.

Sein Herz beruhigte sich etwas. Zwar schlug es

noch immer rasend schnell und schien bereit zum Abheben, aber wenigstens wollte es nicht mehr vor lauter Verzweiflung aus Virgils Brust springen.

»Siehst du?«, sagte das Mädchen stolz.

Virgil tastete mit den Händen nach beiden Seiten – vorsichtig, ganz vorsichtig –, und seine Blicke flogen pfeilschnell durch die Dunkelheit.

»Wo bist du?«, fragte er.

»Überall. Merkst du das nicht?«

Doch, das merkte er. Ihre Stimme kam von überallher, so als würde der Brunnen selbst zu ihm sprechen.

»Brunnen können nicht sprechen«, sagte Virgil.

Er legte eine Handfläche auf einen Stein, ohne den restlichen Körper zu bewegen.

Es fühlte sich an, als würde der Brunnen atmen.

»Ich seh dir an, dass du Angst hast, Bayani, aber das musst du nicht.«

»Wie denn? Wie kannst du das sehen?«

»Ich sehe, indem ich zuhöre.«

»Aber ich heiße gar nicht Bayani.«

»Für mich heißt du so«, sagte das Mädchen.

»Wer bist du?«

»Ruby San Salvador.«

Der Name kam ihm irgendwie bekannt vor.

»Das Mädchen, das sein Schicksal nicht kannte«, erklärte sie. »Erinnerst du dich?«

Ja, er erinnerte sich. Ein Mädchen aus einer von Lolas Geschichten.

»Was machst du hier?«, fragte Virgil mit leiser Stimme.

Pah war verschwunden.

Im Moment jedenfalls.

»Ich erfülle meine Lebensaufgabe«, sagte Ruby.

»In einem Brunnen zu leben, ist das deine Lebensaufgabe?«

»Nein – Menschen in Not zu helfen ist meine Aufgabe.«

Sofort griff Virgil nach seinem Rucksack.

»Kannst du die Abdeckung wegschieben und mir auf die Leiter helfen?«

»Natürlich nicht. Um Sachen zu bewegen, braucht man Arme.«

»Oh«, sagte Virgil.

Schweigen füllte den Brunnen.

Gulliver quiekte.

»Dann gibt es wohl keine Hoffnung«, flüsterte Virgil.

»Oh, Bayani«, antwortete Ruby. »Hoffnung gibt es immer.«

26
Traumdeutung

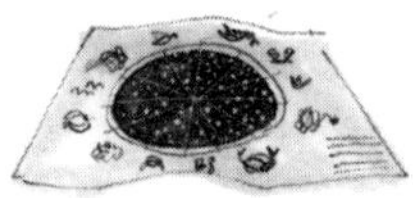

Es stimmte, dass Kaori Traumdeutung studiert hatte. Im Internet wenigstens. Sie war überzeugt, dass das Unbewusste eine machtvolle Kraft war. Manchmal brauchte das Gehirn Träume, um alles loszuwerden, was Menschen beunruhigte oder ihnen Angst machte. Für Kaori lag der Fall klar: Überwinde deine Ängste, dann verschwinden auch die Albträume.

Nachdem sie sich von Nur-Renée den Traum in allen Einzelheiten hatte schildern lassen, war ihr klar, wo das Problem lag. Total klar.

Nachdem sie sich vergewissert hatte, dass Nur-Renée sie anschaute, sagte sie: »Du hast Angst vor Mädchen in blauen Kleidern.«

Renée legte den Kopf erst fragend zur Seite, dann schüttelte sie ihn entschieden. Sie saßen immer noch auf dem Sternzeichenteppich – Kaori und Gen auf der einen Seite, die Kundin auf der anderen. Das war die übliche Sitzordnung.

»Ich glaube nicht, dass das ihr Problem ist«, gab Gen zu bedenken.

Kaori sah ihre Schwester an. »Entschuldige bitte, aber du bist hier nicht die Expertin. Außerdem – woher willst du wissen, dass meine Deutung nicht richtig ist?«

Gen zuckte mit den Schultern. »Mir kommt sie einfach zu … ich weiß nicht … zu einfach vor.«

»Manchmal ist die einfachste Antwort die richtige«, sagte Kaori. Dann wandte sie sich wieder an Renée, die genauso wenig überzeugt schien. »Aber ich konzentriere mich weiter, für den Fall, dass ich mich geirrt haben sollte.« Dabei legte sie die Betonung auf *sollte*.

Sie schloss die Augen und stellte sich Renée vor, wie sie ganz alleine auf jener Wiese stand.

»Du hast Angst«, sagte sie dann. »Du hast Angst davor, alleine zu sein.« Als sie die Augen wieder öffnete, machte Renée ein Gesicht, als hätte sie in etwas Saures gebissen.

»Ich habe keine Angst«, sagte sie, und es hörte sich so an, als wäre das letzte Wort so bitter, dass sie es ausspucken musste. »Ich bin gerne allein. Es ist leichter so.«

Kaori und Gen tauschten einen Blick. Kaori war es nicht gewohnt, dass ihre Kunden ihr widersprachen. Andererseits hatte sie ja bisher auch nur einen Kunden gehabt – Virgil.

»Also«, begann Kaori. Sie sprach deutlich und machte immer wieder Pausen, um sich zu vergewissern, dass Nur-Renée alle wichtigen Aussagen verstanden hatte. »Ich mag mich täuschen, aber mein Eindruck ist, dass du dich allein fühlst oder auch Angst davor hast, allein zu sein. Deswegen erschrickst du vielleicht, wenn du dich umsiehst und alle anderen weg sind. Es ist, als würdest du in einer Luftblase leben. Die Menschen sehen alle durch dich hindurch, als wärst du unsichtbar. Und dann, eines Tages, bist du es wirklich. Unsichtbar. Das würde jedem Angst machen.«

Gen nickte heftig.

Nur-Renées Miene war eine Mischung aus nachdenklich und finster.

»Ich bin gerne allein«, bekräftigte sie noch einmal und kreuzte die Arme vor der Brust.

»Oh«, sagte Kaori.

»Allein sein ist gut. Macht weniger Probleme.«

»Vielleicht liege ich ja daneben. Das liegt wohl daran, dass ich mir Sorgen mache wegen Virgil. Irgendwie kann ich mich heute nicht konzentrieren.«

Gen nickte wieder. »Das stimmt. Bevor du gekommen bist«, sagte sie zu Nur-Renée, »hat sie ganz lange auf die Linien da gestarrt.« Sie zeigte auf die Sternenkarte.

Renée warf einen Blick auf die Karte, dann sah sie wieder die beiden Schwestern an. Kaori wollte schon erklären, dass das auf der Karte nicht einfach irgendwelche *Linien* waren, doch dann beschloss sie, das Thema ruhen zu lassen, wie ihr Vater gerne sagte.

»Also«, sagte Renée und ließ die Arme sinken, »ich könnte euch helfen, nach ihm zu suchen. Wenn ihr wollt.«

Kaori musterte ihre neue Kundin interessiert. Renée war stur, aber ihr Ärger schien auch schnell wieder zu verfliegen. Was für ein Sternzeichen mochte sie sein? Löwe? Widder?

»Hey, was ist dein Sternzeichen?«, fragte sie.

Doch Renée war schon mit Aufstehen beschäftigt und bekam nicht mit, dass Kaori etwas zu ihr gesagt hatte.

27
Valencia

Na gut, vielleicht ist Alleinsein nicht immer das Beste. Es wäre ja schön, wenn ich zurückkönnte in die Zeit, als ich noch Teil einer Clique war. Ich meine, es ist schöner, jeden Tag mit denselben Leuten beim Mittagessen zusammenzusitzen, als sich jeden Tag irgendwo einen Platz zu suchen. Und, klar, es wäre nett, andere Pläne für den Sommer zu haben, als immer nur Santo zu füttern oder Eichhörnchen und Vogelnester zu beobachten. Aber es ist wirklich nicht so, als hätte ich Angst vor dem Alleinsein.

Kaori sagt, wir sollten erst etwas essen, bevor wir uns auf die Suche machen. Also gehen wir in die Küche. Ich merke, dass ich mehr Hunger habe, als ich dachte. Es ist inzwischen weit nach Mittag.

Kaori stellt Getränke auf den Tisch, Brot und verschiedene Zutaten für Sandwiches. Ich mache mir ein Brot mit Schinken und Senf. Gen tut Salami auf ihres und ungefähr fünf Pfund Mayo. Kaori belegt ihr Brot mit Schinken, einem Salatblatt und Tomatenscheiben und schneidet ringsum die Kruste ab.

Die Küche ist groß und sauber und riecht nach Kartoffeln. Auf dem schönen Esstisch stehen hohe schmale Kerzen in Leuchtern. Während wir an unseren Broten kauen, schlägt Kaori vor, dass wir unsere Suche da beginnen sollen, wo die Wahrscheinlichkeit, Virgil zu finden, am größten ist.

»Der wahrscheinlichste Ort ist das Haus, in dem er wohnt«, sagt sie mit halb vollem Mund. »Deshalb sollten wir erst einmal dahin gehen und fragen, ob er zu Hause ist.«

»Das kann ja nicht so schwer sein«, sage ich. Aus Höflichkeit habe ich mir nur zwei dünne Scheiben Schinken aufs Brot gelegt, aber jetzt wünschte ich, ich hätte noch eine dritte genommen. Ich schmecke hauptsächlich Brot und Senf. Aber egal, Sandwich ist Sandwich, zumindest wenn man Hunger hat.

»Nicht ganz so einfach, wie du dir das vorstellst«, sagt Kaori. Nach kurzem Zögern redet sie weiter. »Du musst nämlich an die Tür gehen und nach ihm fragen.«

Ich schlucke. »Ich? Wieso denn ich? Ich kenne ihn doch gar nicht.«

Sie trinkt einen Schluck und wischt sich den Mund mit dem Ärmel ab. Dabei spricht sie, und so bekomme ich den ersten Teil ihres Satzes nicht mit, sondern nur noch den Schluss: »… kriegt er vielleicht Ärger.«

Jetzt verstehe ich. Wenn Virgils Eltern glauben, dass er bei Kaori ist, sie aber nach ihm fragt, könnte er Ärger kriegen, vor allem, falls er etwas macht, was er nicht sollte.

»Wo wohnt er?«, frage ich.

Kaori zeigte vage in eine Richtung. »In einem schönen Haus auf der anderen Seite vom Wald. Er geht auf die Boyds-Mittelschule.«

»Ich auch«, sage ich. »Ich bin in der Siebten.«

»Virgil auch!«, platzt Gen heraus, und ein dicker Klecks Mayo landet auf ihrer Unterlippe.

»Bist du sicher, dass du ihn nicht kennst?«, fragt Kaori.

»Ich weiß nicht. Mit Namen habe ich ein Problem.« Zur Erklärung zeige ich auf meine Hörhilfen. »Gesichter kann ich mir eher merken.«

Was Gen dann sagt, kann ich kaum verstehen, denn sie spricht mit vollem Mund. Aber ich begreife, dass sie mir sagen will, wie Virgils Gesicht aussieht.

Braun.

Mager.

Traurig.

Ich frage mich, wie Gen mein eigenes Gesicht wohl schildern würde. Ich würde nicht gerne als traurig beschrieben werden. Aber vielleicht bin ich es ja.

Jetzt gerade allerdings nicht.

Jetzt gerade bin ich ein Mädchen, das ein Sandwich isst und gespannt darauf wartet, was als Nächstes passiert.

28
Bali

Wieder versuchte Virgil eine Schuhspitze zwischen zwei der massiven Steine der Brunnenwand zu klemmen, doch die lagen so dicht aufeinander, dass Virgil nicht genug Halt fand, um sich auf die Leiter zu schwingen. Er versuchte es noch einmal mit dem Mauersockel am Boden, doch der war zu niedrig und er selbst einfach nicht groß genug. Er sprang probeweise einmal hoch, vielleicht war er ja plötzlich zwanzig Zentimeter gewachsen, doch seine Fingerspitzen streiften nicht einmal die unterste Sprosse. Er war sich nicht einmal sicher, wo genau die Leiter überhaupt war, so dunkel war es. Erschöpft setzte er sich wieder und gab Gulliver einen Löwenzahn.

»Wie lange dauert es wohl, bis jemand anfängt, nach mir zu suchen?«, fragte Virgil. Ihm war die Geschichte von dem Steinjungen wieder eingefallen.

»Woher willst du wissen, dass sie nicht jetzt schon nach dir suchen?«, fragte Ruby.

»Hoffentlich kommen sie, bevor Pah wieder auftaucht.«

»Warum entspannst du dich nicht lieber, statt dir Sorgen wegen Pah zu machen? Im Moment ist er jedenfalls nicht hier, und nur das zählt.«

»Ich kann mich nicht entspannen«, antwortete Virgil. »Es ist zu still hier.«

»Stille kann auch etwas Gutes sein«, sagte Ruby. »Dann hört man am besten.«

»Was hört man dann?«

»Du hörst deine Gedanken, Bayani.«

»Aber das ist es ja gerade. Die sollen ruhig wegbleiben, sonst denke ich bloß daran, dass ich hier unten eingesperrt bin und nicht mehr rauskann.«

Ruby seufzte. »Das ist das Problem. Die Menschen wollen ihre eigenen Gedanken nicht hören, deshalb füllen sie die Welt mit Lärm.«

»Ich hätte ja nichts gegen die Stille, wenn ich irgendwo anders wäre.«

»Wo zum Beispiel?«

Virgil zog seinen Rucksack dichter an sich. »Bali.«

»Was ist Bali?«

»Ich weiß nicht«, sagte Virgil. »Aber da wollte ich immer schon hin.« Seine Eltern sprachen oft von Bali; sie hatten sogar Reiseprospekte von der Insel.

»Wieso? Wie sieht es da aus?«

»Wie verzaubert, glaube ich. Warum sonst sollten so viele Leute dahin wollen?«

Virgil stellte sich einen leuchtend violetten Himmel mit dicken blauen Wolken vor. Wenn es auf Bali regnete, brachen die Wolken auf, und Lachgas fiel in dicken Tropfen auf alle Leute. Deshalb lachten die Menschen auf Bali ununterbrochen und konnten gar nicht aufhören. Sie tranken aus goldenen Bechern und lachten und lachten. Es war ihnen völlig egal, ob jemand sich unter einen Panzer verzog. Auf Bali schien immer die Sonne, alles badete im Licht. Alles, was vom Licht berührt wurde, gehörte den Sonnengöttern, und diese Sonnengötter ließen niemals zu, dass irgendetwas Böses über Bali hereinbrach. Für alle Fälle standen an jedem Zugang zur Insel Soldaten, doch ohnehin wagte es niemand, sich Bali mit bösen Absichten zu nähern. Die einzigen Todfeinde der Sonnengötter waren die Einhundert Könige der Dunkelheit. Doch die waren in die tiefsten Tiefen der Erde verbannt, wo sie schon seit fünftausend Jahren schliefen.

Doch ewig konnten sie nicht weiterschlafen, das

wusste jeder. Nur *wann* sie aufwachen würden, das wusste niemand. Also ernannten die Sonnengötter einen speziellen Krieger, der sie besiegen sollte. Seit Jahren trainierte dieser Krieger, um vorbereitet zu sein für den Tag, an dem die Einhundert Könige ihre zweihundert Augen aufschlugen.

»Das bist du, Bayani!«, rief Ruby. »Du bist der Krieger der Sonnengötter.«

»Ich bin kein Krieger«, sagte Virgil. Er lehnte den Hinterkopf an die Steinwand und atmete die muffige Brunnenluft ein. Inzwischen fiel ihm der Geruch kaum noch auf. »Meine Brüder vielleicht. Ich nicht.«

»Unsinn!«

»Wieso Unsinn? Die beiden sind richtig stark!«

»Und? Hat das irgendwas zu sagen?«

»Ich meine ja nur. Die sind nicht so mager und mickrig wie ich. So schwach.«

»Ob jemand schwach oder stark ist, hängt nicht von seinem Gewicht ab.« Ruby dachte kurz nach. »Klar, vielleicht sind sie gute Sportler und können schwere Sachen heben, aber deshalb sind sie noch lange nicht stark. Und wer ein Krieger sein kann, das hängt nicht von der Größe ab. Bestimmt hat es auf der Welt schon kleine Krieger gegeben.«

Virgil dachte an Paulito, den Dschungeldrachen. Das war eine von Lolas Lieblingsgeschichten gewesen, bevor sie zu solchen über Krokodile und Kinder fressende Steine überging. Dabei hatte die Geschichte von Paulito ein viel schöneres Ende.

»Erzähl mir von ihm«, bat Ruby.

»Woher weißt du, woran ich denke?«

»Ich habe zugehört.«

»Aber ich habe doch gar nichts gesagt.«

»Kommt es darauf an?«, fragte Ruby. »Erzähl mir von Paulito. Ich liebe Geschichten.«

Virgil sah sich nicht als einen großartigen Erzähler, aber er sammelte alle Teile der Paulito-Geschichte in seinem Kopf und fing an – da, wo es ihm am besten schien: am Anfang.

»Paulito war nur einen Zoll groß, aber er wollte unbedingt König werden. Nicht, weil er reich werden wollte oder so, sondern weil die Menschen in seinem Dorf sich ständig stritten, über jedes Kinkerlitzchen.« Genau dieses Wort – Kinkerlitzchen – hatte Lola gebraucht, daran erinnerte er sich, denn er hatte sie fragen müssen, was das bedeutete.

»Wenn dein Haus brennt und du erst die Kissen aufschüttelst, bevor du dich in Sicherheit bringst«, hatte Lola gesagt.

»Alle Leute lachten Paulito aus. Ein Mann, der nur einen Zoll groß war, könne unmöglich ein Dorf regieren. Die Bewohner redeten sich so in Rage, dass sie gleich wieder Streit bekamen.«

An dieser Stelle der Geschichte zwitscherte Gulliver, und Virgil gab ihm wieder einen Löwenzahn. Das Meerschweinchen bekam immer nur einen, sein Futtervorrat musste möglichst lange halten. Virgil fragte sich, ob er selbst irgendwann auch Löwenzahn essen musste. Falls ja – was würde dann wohl passieren? Würde er an Löwenzahnvergiftung sterben? Und was war mit Wasser? Wie lange konnte er ohne Wasser leben?

Plötzlich fühlte Virgil sich sehr durstig. Er legte eine Hand an den Hals.

»Wie ging es weiter, Bayani?«, drängte Ruby. »Das war hoffentlich noch nicht das Ende der Geschichte.«

»Oh, Entschuldigung.« Virgil ließ die Hand sinken und kraulte Gulliver hinter den Ohren. »Ich kann nicht so gut Geschichten erzählen. Nicht so wie Lola.«

Bei dem Gedanken an Lola wurde es Virgil ganz elend. Er fühlte sich, als ob Millionen Tränen aus ihm herausdrängten. Was Lola wohl gerade machte? Faltete sie die Wäsche? Bügelte sie Hemden? Jätete sie Unkraut im Garten? Machte sie Virgils Mutter Vorwürfe, weil sie wieder zu viele Bananen gekauft hatte? Was auch immer sie gerade tat – vermutlich dachte sie nicht, dass eine ihrer Geschichten tatsächlich wahr geworden war: Ein Brunnen hatte ihren Enkel verschlungen.

»Versuch's einfach«, sagte Ruby.

Virgil schluckte. »Während die Menschen stritten, häufte Paulito am Strand Sand auf. Mehr als jeweils eine Handvoll konnte er nicht tragen. Die Dorfbewohner bekamen nicht mit, was er tat, weil sie mit Streiten beschäftigt waren. Irgendwann kamen große Schiffe und wollten das Dorf einnehmen. Doch das gelang ihnen nicht, denn Paulito hatte eine Festung gebaut, indem er eine Handvoll Sand nach der anderen aufgehäuft hatte.«

»Und?« Ruby wartete.

»Die Bewohner ernannten ihn zum König der Insel, und er war der beste König, den Bali je gehabt hatte.«

Millionen hinuntergeschluckter Tränen drängten wieder nach oben.

Er vermisste seine Lola.

»Ich bin kein Krieger. Ich bin auch kein Paulito«, sagte er. »Paulito würde sich nicht vor Chet Bullens verstecken. Paulito war mutig. Er hätte keine Angst.«

»Mutig zu sein heißt nicht, keine Angst zu haben.«

»Schon, aber ich mache ja auch nichts. Ich kämpfe nicht.«

»Es gibt viele Arten zu kämpfen. Vielleicht warst du einfach noch nicht bereit. Nächstes Mal bist du's.«

»Ich will kein nächstes Mal.«

»Mein lieber Bayani«, sagte Ruby. »Es gibt immer ein nächstes Mal.«

Bayani bedeutete »Held«. Auf einmal erinnerte Virgil sich wieder. Alles Mögliche fiel ihm plötzlich wieder ein, als er so in der Stille des tiefen tintenschwarzen Brunnens saß. Zum Beispiel der Tag, an dem seine Eltern und sein Mathelehrer, Mr. Linton, ihm verkündet hatten, dass er in Zukunft jeden Donnerstag zum Förderunterricht gehen sollte, weil das mit dem großen Einmaleins bei ihm immer noch nicht klappte.

An jenem Tag, als Virgil auf einem unbequemen Stuhl und eingerahmt von seinen Eltern seinem Lehrer gegenübersaß, waren seine Gedanken wieder einmal abgeschweift. Statt genau hinzuhören, was ihn so »besonders« machte, blieb er an dem Wort *Multiplikationstafeln* hängen und stellte sich eine immer länger werdende Reihe von Wandtafeln vor, nebeneinander und übereinander, voreinander und hintereinander. Er selbst stand vor der untersten Reihe dieses Tafelberges und versuchte, zu dessen Gipfel hochzuschauen. Doch weil er so besonders war, gelang es ihm nicht. Mr. Linton hatte ihnen erklärt, dass Virgil im Förderunterricht viel mehr persönliche Betreuung erhalten würde.

Die Teilnahme an der Gruppe bedeute aber nicht, dass mit Virgil irgendetwas nicht in Ordnung sei, hatte der Lehrer noch schnell hinzugefügt.

Das stimmt nicht, hatte Virgil damals gedacht. *Etwas ist eindeutig nicht in Ordnung mit mir: Ich beherrsche das Einmaleins nicht. Es gibt eine richtige Art, es zu lernen, und eine falsche. Ich mache es immer falsch, sonst wäre ich jetzt nicht hier.*

Aber das hatte er nicht laut gesagt.

Er hatte auch nichts gegen den Förderunterricht. Es war ja nicht so, als brächte der reguläre Unterricht bei Mr. Linton ihm jede Menge Spaß. Wenn Virgil also mehr Einzelbetreuung brauchte, war ihm das auch recht. Vermutlich würde von den anderen sowieso keiner merken, dass er donnerstags fehlte.

Außerdem hatten sich die Donnerstage als die besten Tage des ganzen Schuljahres herausgestellt, denn im Förderunterricht hatte er Valencia zum ersten Mal gesehen.

Sie hatte ein violettes T-Shirt angehabt, und ihre Haare waren zu zwei ordentlichen Zöpfen geflochten. Ihre Jeans hatten Schmutzränder, und unterm Arm trug sie immer ein Tagebuch, das Virgil nur zu gerne gelesen hätte. Manchmal fragte er sich: Wenn sie ihr Tagebuch irgendwann aus Versehen auf dem Tisch liegen ließe – würde er heimlich hineinschauen? Oder wäre er ein anständiger Mensch, der es an sich nähme, damit kein anderer es lesen würde? Er stellte sich gern vor, dass er es schaffen würde, nicht hineinzugucken. Andererseits hätte er nur zu gerne gewusst, was sie da immer schrieb und zeichnete. Am liebsten hätte er auch so ein Tagebuch. Vielleicht hatte er selbst ja auch etwas zu sagen und wusste es nur noch nicht.

»Ich wünschte, ich hätte *jetzt* so ein Tagebuch«, sagte er in die Dunkelheit hinein. »Dann würde ich einen Abschiedsbrief an meine Familie schreiben. Andererseits – sie würden ihn sowieso nicht finden.«

»Du brauchst kein Papier, um einen Brief zu schreiben«, sagte Ruby. »Du kannst Briefe im Kopf schreiben.«

»Wie meinst du das?«

»Du schließt die Augen und den Mund und schickst deine Gedanken durchs Universum.«

»Aber wie kann meine Familie meine Gedanken empfangen?«

»Sie werden sie fühlen, auch wenn sie es vielleicht nicht begreifen«, sagte Ruby. »Hast du nie so ein Gefühl?«

Doch. Manchmal in der Schule, da fühlte er, dass Chet Bullens in der Nähe war, auch wenn er ihn nicht sehen konnte. Auch mit Valencia passierte ihm das.

»Siehst du, in solchen Momenten schickt das Universum dir einen Brief«, sagte Ruby.

Virgil dachte an Lola, die immer zu wissen schien, was er gerade empfand. Vielleicht würde sie gerade jetzt spüren, dass er ein Problem hatte. »Ich glaube, Lola bekommt jede Menge Briefe«, sagte er.

»Das tun wir alle«, antwortete Ruby. »Aber manche Menschen verstehen es besser, sie aufzumachen.«

29
Valencia

Vor gerade mal achtundvierzig Stunden war ich noch ein ganz normales Mädchen, das in der freien Natur Tiere beobachtete. Jetzt bin ich mit einer Hellseherin unterwegs zum Haus eines Jungen, den ich nicht kenne, um herauszufinden, ob er vielleicht verschwunden ist. Das Leben kann schon komisch sein, oder?

Virgil wohnt in einer schönen Gegend, das hat Kaori vorhin schon erwähnt. Die Häuser sind doppelt so groß wie die in meiner Straße. Als ich das zu Kaori sage, meint sie nur: »Sein Vater ist Arzt.« Dazu macht sie eine wegwerfende Handbewegung, als wäre das im Moment völlig unwichtig. Vielleicht hat sie ja recht, aber es war mir einfach aufgefallen.

Ich bin zwar sonst nicht schüchtern, aber der Gedanke, bei wildfremden Leuten zu klingeln, gefiel mir nicht besonders. Aber Kaori hat mir noch einmal erklärt, dass Virgil großen Ärger kriegen kann, falls seine Eltern oder seine Großmutter glauben, er sei bei ihr, obwohl er in Wirklichkeit ganz woanders ist und womöglich etwas macht, was er nicht darf.

»Das macht er sicher auch nicht«, hat Kaori gesagt. »Er ist eigentlich nicht der Typ, der verbotene Sachen macht. So wie er normalerweise auch keine Verabredung platzen lässt. Aber man kann nie wissen. Menschen sind immer ein Rätsel.«

Jetzt sind wir fast da. Kaori bleibt stehen, und sie und Gen schauen mich so eindringlich an, als wäre ich eine Spionin vor einer wichtigen Mission.

»Also pass auf«, sagt Kaori. »Du klopfst an die Tür, und wenn jemand aufmacht, fragst du, ob Virgil zu Hause ist.«

»Danke, da wäre ich jetzt nicht drauf gekommen«, sage ich.

Gen kichert hinter vorgehaltener Hand, und Kaori wirft ihr einen bösen Blick zu.

»Ich meine es ernst«, antwortet Kaori. »Seine Großmutter hat so etwas wie einen sechsten Sinn. Ich glaube, sie ist eine von uns.« Dabei legt sie sich eine Hand auf die Brust, um klarzumachen, wen sie mit »uns« meint: Hellseherinnen. »Wenn er nicht da ist, bedankst du dich und sagst, du kommst später wieder. Dann sind wir auf jeden Fall schon mal klüger.«

»Aber was ist, wenn er doch zu Hause ist?« Mir ist die Situation schon jetzt superpeinlich. Vielleicht wäre ich nicht so nervös, wenn es um ein Mädchen ginge. Aber es handelt sich um einen Jungen in einer vornehmen Wohngegend, und langsam dreht sich mir der Magen um. Ich rede sonst eher nicht mit Jungen. Zu ihnen nach Hause gehe ich schon gar nicht.

»Dann sagst du ihm, er soll kurz rauskommen«, sagt Kaori mit einem Blick über die Schulter. »Wir warten hier.«

Gen legt mir eine Hand auf den Arm und lächelt mich an. »Du musst echt keine Angst haben, dass er ausrastet oder so«, sagt sie. »Virgil ist richtig nett. Und außerdem schüchtern, aber das haben wir dir ja schon gesagt. Er hat eine Ratte als Haustier.«

Sie zieht an den Enden ihres Springseils und schüttelt es ab, bis es über den heißen Asphalt streift und sich an den Spitzen ihrer Turnschuhe aufrollt.

»Echt?« Die Sache fängt an, interessant zu werden. Die meisten Leute mögen keine Ratten, dabei machen sie sich richtig gut als Haustiere. Sie sind klug und neugierig und haben immer Lust auf Spaß und Abenteuer. Ich hätte gerne so eine Ratte, aber ich würde meine Eltern nie fragen. Ihre Blicke kann ich mir auch so schon lebhaft vorstellen.

Jetzt tippt Kaori mir auf die Schulter, damit ich weiß, dass ich sie ansehen soll. (Die beiden haben das mit den drei WIEs schnell kapiert!) Gleichzeitig versetzt sie Gen einen kleinen Schubs. »Er hat keine Ratte«, sagt sie, »sondern ein Meerschweinchen.«

»Ich liebe Meerschweinchen«, sage ich. »Ich hatte mal eins, als ich klein war, aber es ist gestorben. Es hieß Liliput.«

Fast hatte ich Liliput vergessen. Er hatte langes Fell in verschiedenen Farben: hellbraun, dunkelbraun und schwarz. Ich weiß nicht mehr, wann genau ich ihn bekommen hatte, ich war damals noch ganz klein, aber ich kann mich erinnern, wie ich ihn mit Heu gefüttert und ihm dabei zugesehen habe, wie er aus der Flasche in seinem Käfig trank. Ich war im Kindergarten, als er gestorben ist. Als ich nach Hause kam, hatte mein Vater ihn schon im Garten begraben, und ich habe geweint, weil ich mich nicht von Liliput verabschieden konnte.

»Liliput? Das ist ja ein süßer Name!«, sagt Gen, während sie ihr Seil klarmacht zum Springen.

Liliput ist der Name einer Insel aus einem Buch, das *Gullivers Reisen* heißt. Darin geht es um einen

Forscher, Lemuel Gulliver, der Schiffbruch erleidet und danach alle möglichen Länder besucht. Das erste ist Liliput, wo die Liliputaner leben, sechs Zoll kleine Winzlinge. Die Geschichte gefiel mir, vor allem aber gefiel mir der Name der Insel. Liliput passt wirklich perfekt zu einem Ort, an dem kleine Leute leben.

Gerade will ich Gen die Geschichte erzählen und fragen, wie Virgils Meerschweinchen heißt, doch Kaori zeigt mit der Hand auf das Haus hinter mir.

»Los, los!«, sagt sie. »Wir müssen endlich wissen, was mit Virgil ist.«

»Schon gut, schon gut«, antworte ich, drehe mich um und gehe auf das Haus zu. Ich bemühe mich, so lässig wie möglich hinüberzuschlendern, damit sie nicht merken, wie nervös ich bin.

In der Einfahrt steht kein Auto. Vielleicht ist ja niemand zu Hause.

Ich gehe den gepflasterten Weg hoch. Das Haus sieht nicht gerade nach einer Luxusvilla aus, aber es ist sehr groß, zweistöckig und hat eine Garage für drei Autos. An der Tür ist ein Türklopfer in Form eines Hufeisens. Ich hebe ihn an und klopfe dreimal. Während ich warte, spiele ich mit den Riemen meiner Tasche. Nach fünf Sekunden beschließe ich, dass keiner zu Hause ist. Einerseits bin ich erleichtert, andererseits wäre es besser, wenn

Virgil zu Hause wäre, denn dann wüssten wir, dass Kaoris Freund in Sicherheit ist.

Doch dann geht die Tür auf. Mir ist sofort klar, dass die Frau Virgils Lola ist – also seine Großmutter, wie Kaori mir erklärt hat. Sie sieht aus, als wäre sie schon hundert Jahre alt. Sie ist klein, sogar kleiner als ich, und richtig mager. Sie lächelt nicht. So richtig böse sieht sie nicht aus, aber besonders freundlich auch nicht. Sie wirft einen Blick auf meine Hörhilfen, aber nur ganz kurz.

»Ähm«, sage ich, »ist Virgil zu Hause?«

Sie reckt das Kinn vor, so als hätte sie mich nicht richtig gehört. Ihre Hand liegt noch immer am Türknauf.

»Virgil?«, sagt sie.

Einen Moment lang fürchte ich, ich hätte den Namen falsch ausgesprochen. Vielleicht heißt der Junge auch gar nicht so. Vielleicht habe ich die Puzzleteile nicht richtig zusammengesetzt.

»Ja?«, sage ich, und es klingt wie eine Frage.

»Nein, Virgil ist nicht zu Hause. Er ist schon heute Morgen weggegangen. Wie heißt du?«

Mir wird ganz heiß.

»Wie ich heiße?«, wiederhole ich dümmlich.

»Ja. Damit ich ihm sagen kann, wer da war.«

»Ach so.« Ich räuspere mich. »Ich heiße, ähm – Valencia.«

»Ähm Valencia?«, fragt sie. Ich weiß nicht genau, ob sie gemein ist oder ob sie mich nur necken will. Ich kann ihre Miene nicht lesen. Doch dann lächelt Lola mich an. »Ich habe dich schon erwartet.«

»Wirklich?«

»Auf jeden Fall habe ich *etwas* erwartet.«

Ich hatte mit einer ganz normalen Antwort gerechnet, etwas wie: »Ich richte ihm aus, dass du da warst«, und jetzt weiß ich nicht, was ich antworten soll. Doch die Frau spricht gleich weiter. »Deine Mutter hat dich mit einem guten Namen gesegnet. Die Kathedrale von Valencia in Spanien ist eine der bedeutendsten Kirchen der Welt.«

»Das wusste ich nicht.«

»Aber deine Mutter weiß es vielleicht.«

»Das bezweifle ich.«

»Hm.« Lola sieht mich nachdenklich an. »Dann solltest du es ihr sagen. Sie freut sich bestimmt, wenn sie erfährt, dass sie einen guten, starken Namen für ihre Tochter ausgesucht hat.«

»Ich glaube, das weiß sie bereits«, sage ich. »Und sie würde nie an einer Entscheidung zweifeln, die sie einmal getroffen hat.«

Lola lacht, und dabei zieht sich ihr ganzes Gesicht zusammen. In dem Moment hat sie etwas von einer kichernden Hexe, aber bedrohlich wirkt sie nicht.

»Deine Mutter gefällt mir«, sagt sie.

Ich muss lächeln, ohne dass ich wüsste, warum. Schließlich ist meine Mutter die schlimmste Nervensäge, die es auf der Welt gibt.

»Hat Virgil deine Telefonnummer?«, fragt Lola. »Ich sage ihm, er soll dir eine Nachricht schicken, wenn er kommt.«

Sie tippt in ihre Hand wie auf ein Telefon, und ich begreife, dass sie eine SMS meint.

Ich hätte einfach Ja sagen können, doch stattdessen platze ich mit der Wahrheit heraus. »Nein.« Gleich winkt sie mich ins Haus, damit ich die Nummer aufschreiben kann. Ich drehe mich kurz zu Kaori und Gen um und zucke mit den Schultern. Ihre Gesichter kann ich nicht sehen, dafür sind sie zu weit weg. Gen springt Seil. Ganz schön schnell übrigens.

Mir war nicht klar, wie heiß es draußen ist, bis ich in Virgils Haus trete und der kühle Wind der Klimaanlage mir entgegenschlägt. Lola geht mir voraus, und nachdem ich die Haustür hinter mir geschlossen habe, folge ich ihr in eine große Küche. Lola kramt in einer Schublade herum. Ihre Lippen bewegen sich, aber da sie nicht mich ansieht, sondern die Schublade, kann ich nicht verstehen, was sie sagt. Schon komisch, dass Menschen mit Gegenständen wie Schubladen reden anstatt mit der

Person, die ihnen direkt gegenübersteht. Ich will mich nicht bücken, um ihr ins Gesicht zu starren, das wäre seltsam. Also drehe ich mich um und schaue auf das große Bücherregal an der Wand. Die Bücher interessieren mich in dem Moment aber gar nicht. Stattdessen betrachte ich ein gerahmtes Familienfoto, das sechs Personen zeigt. Vier von ihnen lächeln – ein breites, strahlendes, perfektes Lächeln. Die beiden anderen lächeln nicht. Eine der beiden ist Lola. Sie guckt leicht mürrisch, so als hoffte sie, dass der Fotograf endlich fertig würde. Und dann ist da noch ein Junge. Mürrisch sieht er nicht aus, es scheint sogar so, als bemühte er sich um ein gekünsteltes Lächeln, aber offenbar konnte er sich nicht wirklich dazu durchringen. Ich weiß sofort: Das ist Virgil. Und jetzt weiß ich auch, wieso mir Kaoris Beschreibung so bekannt vorkam.

Ich kenne Virgil.

Ich suche mein Gedächtnis nach diesem Gesicht ab, und gleich ist es da.

Er ist jeden Donnerstag im Förderunterricht, genau wie ich. Geredet haben wir noch nie miteinander, aber er macht einen netten Eindruck. Ein ruhiger Typ.

Als Lola mir auf die Schulter tippt, zucke ich zusammen. Wer hätte gedacht, dass ich so fahrig bin?

Lola hält ein Stück Papier und einen Stift in der Hand und wedelt damit unter meiner Nase herum.

»Hast du mich gehört?«, fragt sie.

»Nein, tut mir leid«, sage ich und zeige auf meine Hörhilfen. Lola bittet mich, meinen Namen und meine Telefonnummer aufzuschreiben.

»In meinem Dorf gab's ein Mädchen, das nicht hören konnte«, sagt sie, als ich ihr das Papier mit den Infos zurückgebe. Virgil wird sich sehr wundern, wenn er es bekommt, aber was soll's. Passiert ist passiert. »Die Leute haben in ihrer Gegenwart geredet, als wäre sie gar nicht da. Sie glaubten, sie bekäme nichts mit. *Wozu sollten wir unsere Geheimnisse vor ihr verbergen,* dachten sie, *sie kann uns ja doch nicht hören*. Aber sie hat alles gehört.« Lola beugt sich vor und tippt sich leicht ans rechte Auge. »Sie hörte mit den Augen.«

Ich frage mich, welche Geheimnisse das Mädchen wohl kannte.

»Ich höre auch mit den Augen«, sage ich.

»Ich weiß«, antwortet Lola und zwinkert mir zu. »Das sehe ich.«

30
Smaug

Was konnte man mit einem Stock nicht alles machen! Deswegen fand Chet Stöcke auch so toll. Man konnte damit herumstochern und auf irgendetwas am Boden stoßen. Man konnte sie wie eine Waffe herumschwingen. Das Beste aber war – zumindest an diesem Tag –, dass man damit Schlangen hervorlocken konnte.

Er hatte nicht eine einzige Schlangenhaut gefunden. Er hätte Davies mitnehmen sollen, damit der ihm die genaue Stelle zeigte, wo er seine entdeckt hatte. Dann wäre er jetzt schlauer. Andererseits wollte Chet natürlich den Ort nicht preisgeben, wo er seine lebendige Schlange fangen würde. Den Ruhm wollte er für sich allein.

Er stellte sich schon vor, wie es sein würde: Er würde den Kissenbezug zuknoten, in dem die Schlange sich heftig hin und her wand, und dann den Sack triumphierend nach Hause tragen, wie ein erfolgreicher Schatzsucher. Er würde darauf bestehen, die Schlange als Haustier zu behalten, und sobald sie im Terrarium war, würde er Davies rufen und ihm zeigen, was er, Chet, mit bloßen Händen geschafft hatte. Genau so würde er es sagen:

»Die habe ich mit bloßen Händen eingefangen.«

Wie seine Eltern es fänden, eine Schlange im Haus zu haben, da war sich Chet nicht so sicher. Seine Mutter würde er vermutlich überreden können. Sie ließ sich von ihm zu allem überreden, vor allem, wenn Chets Vater ihn unterstützte. Die Frage war nur, wie sein Vater über Schlangen dachte. Chet glaubte gern, dass sein Vater vor gar nichts Angst habe, aber jeder hatte seine Schwachstellen, das wusste Chet. Sogar er selbst. Nie im Leben würde er das jemandem gestehen, aber obwohl er der mutigste Mensch war, den er kannte, hatte Chet Angst vor Hunden. Nicht vor irgendwelchen Pinschern, Chihuahuas und so – diese Sorte würde er locker seiner Schlange zum Fraß vorwerfen. Nein, was ihn nervös machte, das waren große Hunde. Dann gab es noch ein paar

Dinge, die ihm Angst machten. Zum Beispiel die Vorstellung, es nicht in die Basketballmannschaft zu schaffen, egal, wie hart er trainierte. Er war bereits bei den Tests für die Junior-Baseballmannschaft gescheitert – kein einziges Mal hatte er da den Ball getroffen –, und die Mittelschule hatte keine eigene Footballmannschaft, das ginge also erst später. Wenn er also ein richtiger Sportler werden wollte, blieb nur noch Basketball. *Wenn du in nichts spitze bist, dann bist du gar nichts.* Das war einer der Lieblingssprüche seines Vaters. Bisher war Chet in allem nur Durchschnitt. Aber mit Basketball könnte sich das ändern.

Und mit seiner Schlange.

Deshalb hatte er auch schon einen Plan B für den Fall, dass seine Eltern ihm verbieten sollten, die Schlange zu behalten. Er würde seinen Vater bitten, ein Foto von ihm zu machen, auf dem er die Schlange hochhielt. So wie ein Angler, der stolz seinen großen Fang präsentiert. Das Bild würde er dann an Davies schicken, mit einem coolen Spruch. »Du hast eine Schlangenhaut gefunden? Echt? Bin schwer beeindruckt!«

Solche Sprüche dachte Chet sich aus, einen nach dem anderen, während er so mit seinem Stock und dem Kissenbezug durch den Wald lief. Mit den Blicken suchte er den Boden nach Stellen ab, an denen Schlangen sich verstecken konnten, in dichtem Gebüsch zum Beispiel.

»Aber vor mir könnt ihr euch nicht verstecken!«, brüllte Chet, so als könnten Schlangen das verstehen.

Er überlegte, wie er seine Schlange nennen sollte. Was wäre ein passender Name? Killer? Nein, das klang zu kindisch. Kobra? Zu lahm.

»Hm«, machte Chet, während er im Blätterhaufen am Fuß eines Baumes stocherte. »Wie wär's mit Smaug?«

Genau. Smaug. Das klang nach einer Schlange und auch ziemlich bedrohlich.

Als nichts aus dem Laub hervorglitt, ging Chet weiter. »Smaug!«, brüllte er. »Hierher, Smaug!« Es klang, als riefe er nach einem Kätzchen. Jedes Mal wenn er einen Haufen aus Zweigen und Laub sah, stocherte er darin herum und rief dabei nach Smaug, und das ganz ohne Herzklopfen. Er war wirklich aus zähem Stoff gemacht.

Doch dann …

Sssst …

Es raschelte im Laub, ganz ähnlich, wie es geraschelt hatte, als er Valencia entdeckt hatte. Chet blieb stehen und sah sich um. Schwer zu sagen, wo das Geräusch herkam. Aber jetzt hörte er auch nichts mehr.

Dafür spürte er ganz deutlich, dass irgendwer ihn beobachtete. Irgendwer oder irgendwas.

»Hallo?«, rief er. Seine Stimme klang matt, und er versuchte, ihr mehr Nachdruck zu verleihen. »Ist da jemand?«

Keine Antwort.

Vielleicht versteckte sich dieses taube Mädchen zwischen den Bäumen?

Vielleicht verhexte es ihn gerade?

Er wartete.

Als nichts weiter geschah, verdrehte Chet die Augen und murmelte: »Auch egal.« Wieder wühlte er mit dem Stock im Laub, und nun hörte er wieder etwas. Doch dieses Mal kam es von unten. Er hielt kurz inne, dann stocherte er weiter.

Er trat einen Schritt näher heran, sodass er mit den Schuhspitzen an den Laubhaufen stieß. Da drin hatte sich etwas bewegt, eindeutig. Adrenalin schoss ihm durch den Körper, und er bekam an beiden Armen eine Gänsehaut, trotz der Hitze.

Er packte den Stock fester und hieb auf das Laub ein.

Eigentlich hatte er gar nicht mehr erwartet, etwas zu finden. Sicher, er war auf Schlangenjagd losgezogen, aber schon vor Stunden, und inzwischen war es eigentlich nur noch ein Zeitvertreib. Er hatte gar nicht gemerkt, dass er nicht mehr damit gerechnet hatte, Smaug zu finden, bis er ihn tatsächlich fand.

Sofort reckte die Schlange den Kopf. Das Tier war etwa so dick wie ein Gartenschlauch, aber nicht sehr lang. In diesem Moment wurde es Chet erst klar, wie wenig er tatsächlich über Schlangen wusste. Er wusste, wie er sie schnappen wollte – am Schwanz natürlich, um ihrem Maul nicht zu nahe zu kommen. Aber er hatte keine Ahnung, ob diese Schlange giftig war. Konnten so kleine Schlangen überhaupt giftig sein? Woher sollte er das wissen? Es wäre vermutlich schlau gewesen, sich vorher ein bisschen zu informieren, aber dafür war es jetzt zu spät. So unter Smaugs Augen konnte er unmöglich sein Handy hervorholen und googeln. Das hier war *die* Gelegenheit seines Lebens. Die Schlange lag direkt vor ihm und wartete nur darauf, gefangen zu werden. Jetzt oder nie.

Chets Herz dröhnte wie Donner.

»Adrenalin«, murmelte er. »Angst ist das nicht. Nur Adrenalin.«

Die Schlange tat nichts. Sie starrte ihn nur an. Zischte nicht, wand sich auch nicht hin und her wie ein Sumo-Ringer. Sie lag einfach still da, mit erhobenem Kopf. Fast so, als wartete sie darauf, dass jemand sie hochhob und streichelte. Fast so, als sollte sie sein Haustier sein.

Es war so etwas wie Schicksal.

Chet warf den Stock weg und schlug mit dramatischer Geste den Kissenbezug auf. Er holte ganz tief Luft und trat näher heran. Im selben Moment, als er sich vorbeugte, legte die Schlange ihren Kopf weiter zurück, und Chet packte sie mit einer theatralischen Geste am Schwanz. Das gab Smaug reichlich Zeit und Freiraum, sich in einer einzigen, blitzschnellen Bewegung umzudrehen und die Zähne in das dicke rötliche Fleisch von Chets Unterarm zu schlagen.

Es fühlte sich an wie die Krallen eines Kätzchens. Das kannte Chet, sein Cousin hatte eine bösartige Katze. Aber Katzen waren das eine, Schlangen etwas anderes, und so ließ Chet Smaug augenblicklich los und brach in wildes Geheul aus. *Bestimmt bin ich in fünf Minuten tot,* dachte er. Sofort verfärbte sich sein Unterarm hellrot. Die Haut brannte. Er stellte sich vor, wie das Gift durch seine Adern strömte und sein Herz angriff. Wer würde ihn wohl finden, wenn er tot war? Das taube Mädchen? Der zurückgebliebene Junge? Und würden sie wissen, woran er gestorben war? Falls die ihn fanden, dann sollten sie doch wenigstens wissen, dass er im Kampf gegen eine gemeingefährliche Schlange gestorben war, in einem Kampf auf Leben und Tod.

Er hielt seinen Arm fest umschlungen und starrte

darauf. Der Kissenbezug lag zerknüllt im Laub. Wie ein Luftballon ohne Luft sah er aus. Plötzlich fiel es Chet auf, dass die Schlange weg war. Er hatte keine Ahnung, wohin Smaug verschwunden war. Er entfernte sich etwa zehn Schritte vom Tatort und sah sich nach dem Tier um. Dann setzte er sich an den Fuß einer mächtigen Kiefer und wartete auf den Tod.

31
Unvorhergesehene Ereignisse

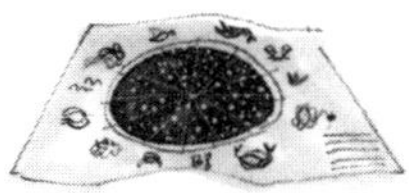

»Virgil ist also nicht zu Hause«, sagte Kaori. »Das heißt, er steckt in Schwierigkeiten, ich weiß es. Wir müssen die Zeremonie abhalten.«

Nach ihrer Rückkehr von Virgils Haus hatten die Mädchen sich im Wohnzimmer der Tanakas auf den Boden fallen lassen, um zu besprechen, was als Nächstes zu tun war. Sie hatten den Fernseher eingeschaltet, und Gen war sofort abgelenkt. Kaori war das gerade recht – wer brauchte schon die Ansichten eines Kindes, wenn es um Leben und Tod ging?

Nur-Renée hingegen sah sorgenvoll zum Fernsehgerät hinüber. »Ich kann euch schlecht verstehen, wenn das Gerät im Hintergrund läuft. Dann höre ich nur noch ein einziges Durcheinander.« Dabei wedelte sie mit den Händen hinter ihren Ohren, so als wäre das ein weltweit verständliches Symbol für ein Durcheinander. »Hättet ihr etwas dagegen, es leise zu stellen?«

Kaori funkelte ihre Schwester vorwurfsvoll an. »Kannst du das mal leise machen?«

Gen stellte den Ton ab, wandte aber keinen Blick vom Bildschirm.

»Hattest du eben etwas über eine Zeremonie gesagt?«, fragte Renée Kaori.

Kaori machte ein ernstes Gesicht, richtete sich auf und faltete die Hände im Schoß.

»Die Zeremonie der verlorenen Dinge«, begann sie feierlich. »Das ist ein Ritual, das uns helfen soll, Virgil zu finden. Aber das können wir nicht hier machen, dafür müssen wir in den Wald gehen. Die Zeremonie wirkt nur, wenn man eins ist mit der Natur. Und das hier kann man nun wirklich nicht Natur nennen.« Dabei zeigte sie auf den Fernseher.

Die Uhr an der Wand – ein furchtbar hässliches, nüchternes Ding nach Kaoris Meinung – zeigte zwei Uhr neunzehn an. Wie lange musste man wohl auf jemanden warten, bis er offiziell als vermisst galt? So sehr viel Zeit war ja noch nicht vergangen, seit sie Virgil erwartet hatte, andererseits konnte in drei Stunden und neunzehn Minuten eine Menge schlimmer Dinge passieren.

Kaori ahnte, was Nur-Renée als Nächstes fragen würde: Wie sieht diese Zeremonie der verlorenen Dinge aus? Um ehrlich zu sein, hatte Kaori selbst keine Ahnung. Aber sie glaubte sicher, dass es eine passende Zeremonie gab, die begnadeten Hellseherinnen half, verlorene Dinge oder Menschen aufzuspüren. Nur leider kannte Kaori sie nicht. Egal – sie würde schon noch dahinterkommen, nach und nach. Die Geister ihrer Ahnen würden sie auf den richtigen Weg führen.

»Wir haben jetzt keine Zeit, alle Einzelheiten zu besprechen«, sagte sie daher, stand schnell auf und schnipste einmal mit den Fingern in Gens Richtung. Gen wandte den Kopf, ohne jedoch den Blick vom Bildschirm zu wenden. Kaori seufzte. Also wirklich, manchmal war Gen eher nervig als nützlich. Kaori hatte ihr oft genug erklärt, dass ein Fernseher für die Tanaka-Mädchen viel zu nüchtern, viel zu altmodisch, viel zu alltäglich sei, aber das arme Ding schien es nicht zu kapieren.

»Gen«, sagte Kaori, »hol Mamas geheime Streichhölzer. Wir gehen in den Wald.«

Mrs. Tanaka bewahrte in der zweiten Schublade unter der Mikrowelle immer eine Schachtel Streichhölzer auf. Die benutzte sie, um sich heimlich Zigaretten anzuzünden. Die, von denen ihre Töchter nichts wissen sollten. Als ob so etwas möglich wäre!

»Vor mir kannst du nichts geheim halten«, hatte Kaori einmal zu ihrer Mutter gesagt. »Ich habe das Zweite Gesicht geerbt.«

»Geerbt? Von wem?«, hatte die Mutter gefragt. »In unserer Familie, egal auf welcher Seite, war noch nie irgendwer auch nur entfernt interessiert an solchen Sachen.«

Mrs. Tanaka hatte absolut keinen Sinn für Blutsverwandte aus weit zurückliegenden Generationen, über die keiner mehr etwas wusste. Wenn Kaori sich ihre Geburt vorstellte, dann sah sie sich, wie sie aus einem Lavendelfeld hervorkam, mit dunklen Haaren und voller Empörung wegen der Ungerechtigkeiten in ihren vergangenen Leben. Davon gab es zwei.

Das erste Mal war sie im alten Ägypten zur Welt gekommen. Das wusste sie aus einem Traum. Sie hatte sich selbst gesehen, wie sie in einem langen weißen Gewand zwischen Pyramiden umhergelaufen war. Welche andere Erklärung gäbe es für diesen Traum, als dass sie in einem früheren Leben tatsächlich zwischen Pyramiden gelebt hatte?

In ihrem zweiten Leben war sie eine Freiheitskämpferin in Bangladesch gewesen. Das wusste sie, weil sie einmal einen winzigen Ausschnitt aus einer

Dokumentation im Fernsehen gesehen hatte. Die Bilder aus Bangladesch kamen ihr alle so vertraut vor, ohne dass sie es sich erklären konnte. Vermutlich hätte sie mehr erfahren, wenn ihr Vater nicht auf einen anderen Sender umgeschaltet hätte. Sie hatte versucht, ihm klarzumachen, dass der Film ihr bei der Rückführung in ihre früheren Leben helfen könnte, doch ihr Vater hatte nur gemeint: »Während der Basketball-Meisterschaften finden solche Rückführungen grundsätzlich nie statt.«

Dass ihre Eltern nichts wussten von Kaoris geheimem Erbe, genauso wenig wie von mystischen und magischen Kräften überhaupt hieß nicht, dass das alles nicht existierte. Ihre Eltern waren immer schon völlig fantasielose Menschen gewesen. Man musste nur an Mrs. Tanakas heimliches Rauchen denken. Sie rauchte eine oder zwei Zigaretten in der Woche und ging dafür in den Garten, dachte aber nicht daran, dass der Rauch meistens direkt zu Kaoris Fenster hineinzog, mitten ins Geisterzimmer.

So war ihre Mutter, völlig verpeilt.

Gen ließ sich endlos Zeit damit, die Streichhölzer zu holen. Sie wollte noch das Ende der Sendung sehen und stand im Zeitlupentempo auf. Erst als Kaori zum zweiten Mal mit den Fingern schnipste, kam Bewegung in ihre Schwester.

»Lebensrettende Maßnahmen kann man nicht bis zur nächsten Werbepause aufschieben!«, erklärte Kaori. »Außerdem müssen wir weg sein, bevor Mr. und Mrs. Tanaka nach Hause kommen.«

Gen schlich noch immer im Schneckentempo durchs Haus, als Nur-Renée bereits zur Haustür ging, die Tasche über eine Schulter gehängt. Kaori griff sich noch schnell eine der Kerzen vom Tisch und schob sie sich in die Hosentasche, dann folgte sie Nur-Renée ins Freie.

Kaum stand die Tür offen, kam Leben in Gen. Sie schnappte sich ihr Springseil und warf es sich über die Schulter.

»Musst du dieses Ding überallhin mitnehmen?«, fragte Kaori. »Wir werden bestimmt nicht seilspringend durch den Wald gehen!«

»Man kann nie wissen, wann das nötig wird«, widersprach Gen.

Kaori verdrehte die Augen. »Du bist mir ein einziges Rätsel. Echt.«

Sie nahm ihrer Schwester die Streichhölzer aus der Hand, und die drei Mädchen traten hinaus in die Sonne.

»Puuh, ist das heiß«, sagte Gen. »Wir sollten Spiegeleier braten.«

Irgendwo hatte sie gehört, dass man bei großer Hitze Eier auf Autos oder auf dem Bürgersteig braten könne, und seitdem lag sie Kaori ständig damit in den Ohren.

»Wir haben jetzt keine Zeit für wissenschaftliche Experimente«, sagte Kaori. Sie schloss die Haustür ab und schob sich den Schlüssel tief in ihre Hosentasche. Nur-Renée ging bereits in Richtung Straße voraus.

»Das dauert doch bloß zwei Sekunden, ein Ei aufzuschlagen«, maulte Gen.

»Wie kannst du in so einem Moment an Eier denken?«, fragte Kaori, als sie und Gen Nur-Renée folgten, die inzwischen am Briefkasten der Tanakas wartete.

»Ich wette, Virgil geht es gut«, sagte Gen. »Bestimmt hat er die Verabredung einfach vergessen. Was könnte ihm denn im schlimmsten Fall passiert sein?«

»Das willst du lieber nicht wissen«, antwortete Kaori.

»Aber wo genau gehen wir jetzt eigentlich hin?«, fragte Nur-Renée.

»Eben«, sagte Gen. »Wo genau gehen wir jetzt hin, mit den Streichhölzern und der Kerze?«

Kaori zeigte geradeaus, ohne langsamer zu werden, wie ein General, der seine Truppen in die Schlacht führt.

»Dahin«, sagte sie.

Als sie die Straße überquerten und nebeneinander den Wald betraten, zupfte Gen Nur-Renée am Ärmel.

»Solche Hörhilfen – tun die eigentlich weh?«, fragte sie dann.

»Manchmal jucken sie oder drücken am Ohr. Das tut ein bisschen weh«, antwortete Nur-Renée.

Unter den Bäumen gab es endlich Schatten. Kaori sah sich nachdenklich um. Sie kannte sich nicht gut aus im Wald. Wenn sie ehrlich war, musste sie sogar zugeben, dass er ihr gruselig war. Im Wald passierte so viel Unvorhergesehenes – fallende Äste, stechende Insekten, Tiere, die nach einem schnappten. Kaori war lieber in ihrem bequemen Zuhause, wo nichts Unerwartetes geschah.

Aber blieb ihr etwas anderes übrig? Es war ja nicht gerade damit zu rechnen, dass sie Virgil unter einem der Sofakissen finden würden.

»Warum musst du trotzdem Lippen lesen, obwohl du doch diese Hörhilfen hast?«, fragte Gen.

Zweige knackten unter den Füßen der Mädchen.

»Mit dem Gerät höre ich nicht alles deutlich. Nicht so wie du. Ich muss alles, was ich höre, mit den Lippenbewegungen in Verbindung bringen. Wie Puzzleteile.«

»Bist du schon so zur Welt gekommen?«

»Nein, ein bisschen konnte ich hören. So habe

ich auch sprechen gelernt. Aber dann wurde es immer weniger.«

»Vielleicht passiert mir das ja auch.«

»Unwahrscheinlich.«

»Wenn du ein Fernglas hättest oder ein Teleskop, könntest du dann auch von weit weg Lippen lesen?«

Kaori reichte es endgültig. Wie sollte sie eins mit dem Wald werden, wenn Gen ununterbrochen quasselte?

»Kannst du mal aufhören, so viele Fragen zu stellen?«, blaffte sie ihre Schwester an. Etwas summte nah an ihrem Ohr, und sie schlug danach.

Gen sah Kaori verwundert an. »Wieso denn?«

»Weil es unhöflich ist.«

»Nur-Renée stört es nicht.« Gen sah zu der neuen Kundin auf und tippte ihr auf die Hand. »Oder?«

»Aber mich stört es«, sagte Kaori. »Wir müssen uns die ganze Zeit konzentrieren, und das geht nicht, wenn du dauernd plapperst.«

Kaori gab es ungern zu, aber sie hatte Gen gerne als ihre Unterkommandierende, denn so war sie automatisch die Oberkommandierende und hatte die Verantwortung. Aber Nur-Renée kam Kaori so vor wie jemand, der von Natur aus Verantwortung übernahm. Sie ging voran, auch wenn sie keine Ahnung hatte, wonach sie eigentlich Ausschau halten sollten. Kaori würde ihr Taschengeld darauf verwetten, dass Nur-Renées Sternzeichen Löwe war.

»Wir sollten hier stehen bleiben«, sagte sie.

Erst stoppte Gen, dann Nur-Renée. Beide sahen Kaori erwartungsvoll an.

»Um die Zeremonie ganz richtig durchzuführen, brauchen wir einen speziellen Stein«, erklärte Kaori mit aller Autorität, die sie aufbringen konnte.

»Wie die fünf Steine, die Virgil mitbringen sollte?«, fragte Gen.

»Was für fünf Steine?«, fragte Nur-Renée und sah von der kleinen Schwester zur großen.

Kaori überging die Frage. Jetzt war nicht die Zeit für ausführliche Erklärungen. »Wir brauchen nur einen. Einen Schlangenhautachat.«

Nur-Renée legte fragend den Kopf auf die Seite. »Hast du gerade Schlangenhautachat gesagt?«

»Genau«, sagte Kaori.

»Was ist das?«, fragte Gen.

»Ein Stein. Der kann so klein sein wie ein Taubenei.« Kaori zeigte ihre offene Handfläche, so als würde auf magische Weise dort gleich ein Achat erscheinen. »Ein Achat mit Schlangenhautmuster. Deswegen heißt er so.«

Nur-Renée machte ein sorgenvolles Gesicht. »So einen finden wir nie hier im Wald«, sagte sie.

»Woher willst du das wissen?«, fragte Kaori. »Es gibt hier doch alle möglichen Steine und andere Sachen.«

»Weil man Schlangenhautachate normalerweise in ausgetrockneten Flussbetten oder an Stränden findet. Jedenfalls da, wo Wasser war.« Nur-Renée schaute sich um und zeigte auf die riesigen Bäume und die trockenen Äste am Boden. »Hier gibt's definitiv kein Wasser.«

Gen verschränkte die Arme vor der Brust und sah Kaori mit hochgezogenen Augenbrauen an. »Und jetzt?«

Kaori wusste nicht, was sie sagen sollte. Nur-Renée hatte vermutlich recht. Kaori selbst hatte noch nie einen Schlangenhautachat gesehen, aber sie hatte sich im Internet endlose Seiten über Edelsteine angeschaut und wusste, welche Steine man wofür brauchte. Der Schlangenhautachat war nunmal der Stein, der helfen sollte, Verlorenes wiederzufinden. Und Virgil war verloren gegangen, wenigstens glaubte sie das. Und da sie wusste, wie einfältig und schusselig Virgil war, wollte sie wissen, ob er noch heil und gesund war.

»Bestimmt muss es nicht ein Original-Schlangenhautachat sein. Vielleicht reicht einer, der ganz ähnlich aussieht. Ich meine, es ist zwar der richtige Stein für diese Zeremonie, aber egal. Ich vermute, irgendein Stein mit Schuppen tut's auch. Was fehlt, machen wir mit unserer Energie wett.«

Gen sah zu Nur-Renée auf. »Was sagst du dazu?«, fragte sie.

Kaori runzelte die Stirn. Nie zuvor hatte sie gehört, dass Gen sich für die Meinung eines anderen Menschen interessierte. Nicht einmal für die ihrer Eltern.

Nur-Renée schaute erst Gen ins Gesicht, dann sah sie zu Kaori hinüber. Ein paar Sekunden verstrichen, dann sagte sie: »Wenn deine Schwester sagt, wir müssen einen Stein mit Schuppenmuster finden, dann ist es wohl so.«

Kaori spürte, wie die Anspannung in ihren Schultern nachließ. In diesem Moment geschah etwas zwischen den beiden Mädchen. Eine wortlose Übereinkunft fand da statt, und Kaori als begnadete Hellseherin hatte durchaus einen Sinn für so etwas. Sie lächelte Nur-Renée an, ganz vorsichtig, nur andeutungsweise, und Nur-Renée lächelte zurück.

32
Das Schlimmste, was man sagen kann

Falls Pah ihn nicht zuerst erwischte, gab es immer noch drei andere Möglichkeiten, dachte Virgil: Er könnte ersticken, verhungern oder verdursten. Was davon am schlimmsten war, wusste er nicht. Vielleicht bekäme er keine Luft, oder sein Bauch würde so lange knurren, bis sein Herz stillstünde, oder sein Hals würde sich knochentrocken zusammenschnüren. Vielleicht würde ja auch alles gleichzeitig passieren.

Wie viel Luft gab es überhaupt in so einem aufgegebenen Brunnen?

War der Vorrat begrenzt?

Wäre die Luft irgendwann aufgebraucht?

Würde Pah zurückkommen?

Ein Heer von Tränen drängte von tief innen herauf, und Virgil kniff die Augen ganz fest zusammen, damit die Tränen bloß nicht herauskamen. Dann legte er den Kopf in den Nacken und schaute so hoch hinauf, wie er nur konnte. Er suchte nach Stellen, durch die Luft hereinkommen konnte. Doch wenn kein Licht hereindrang, wie konnte dann Luft einen Weg in den Brunnen finden?

»Ist ja auch egal«, sagte Virgil. »Wo ich doch sowieso verhungere.«

Er gab Gulliver den nächsten Löwenzahn zu fressen. Sehen konnte er sein Meerschweinchen nicht, doch er spürte, wie das Tier mit den Zähnen am Stängel zog, und hörte die leisen Kaugeräusche.

»Es tut mir so leid, Gulliver«, sagte Virgil. »Ich hab die Sache ziemlich verbockt.«

Was dann geschah, war unvermeidlich.

Es musste einfach passieren, auch wenn Virgil es nicht wollte.

Es würde jedem passieren, ganz ehrlich.

Virgil begann zu weinen.

Von irgendeinem Ort tief in seinem Bauch drängten die Tränen hoch, schoben sich durch die Kehle und quollen dann zu den Augen hinaus wie Wasser aus einem tropfenden Hahn. Verzweifelt bemühte sich Virgil, sie hinunterzuschlucken. Er fand Weinen ganz schrecklich – das nasse Gesicht, die verquollenen Augen, den wunden Hals. Aber er konnte nichts dagegen machen. Die Tränen flossen immer schneller und immer heftiger, bis der Wasserhahn nicht mehr nur tropfte, sondern voll aufgedreht schien. Virgil schluchzte und schluchzte, und zwischendurch musste er nach Luft schnappen. Vielleicht war er ein Schwächling, ein Baby, eine furchtsame Schildkröte. Na und? Er hatte eben Angst. Er saß gefangen in einem tiefen Loch, ohne einen Freund in der Welt, und er hatte Angst.

Bevor man stirbt – das hatte er einmal gehört –, läuft das ganze Leben wie in einem Zeitrafferfilm vor dem inneren Auge des Sterbenden ab. Noch starb er nicht, aber einige Bilder aus seinem Leben blitzten doch in seinem Kopf auf. Er musste an Lola denken. Er dachte an ihre Hände, die sich wie Papier anfühlten. An ihre Geschichten und an das, was sie über seine Finger gesagt hatte: dass er Pianist werden solle. An all das, was er von ihr gelernt hatte – über Pah, über den Steinjungen und über die Sonnenkönigin. Nur dumm, dass sie ihm nie eine Geschichte darüber erzählt hatte, wie man aus einem Brunnen entkommt. Und jetzt würde es keine Lola-Geschichten mehr für ihn geben.

Er dachte an seine Eltern und seine Brüder. An ihre Art, immer in Ausrufezeichen zu sprechen, ihre Angewohnheit, ihn damit aufzuziehen, dass er so schüchtern und so still war. Daran, dass sie nicht verstanden, wieso er im Dunkeln Angst hatte. Ihm fiel wieder ein, dass er sich oft vorgestellt hatte, er sei wie Moses in einem Körbchen im Schilf an einem Flussufer ausgesetzt worden, wo seine Mutter ihn gefunden hatte. Vielleicht hatte sie ihn hochgehoben und gesagt: »Was ist das denn! Ein elternloses Baby! Das nehme ich gleich mit nach Hause!« (Natürlich hatte sie mit lauter Ausrufezeichen in der Stimme gesprochen, wie immer.) Sie hatte ihn also mit nach Hause genommen, und er hatte schnell gemerkt, dass er eigentlich nicht in diese Familie hineinpasste, aber das war schon okay, denn sie hatten ihn trotzdem lieb. Und er sie umgekehrt auch, klar, auch wenn er sie nicht verstand. Und nun würde er sie auch nie verstehen lernen.

Dann dachte er an Valencia.

Er wischte sich den Rotz mit beiden Handrücken ab und rieb sich dann die Hände an der Hose trocken. Normalerweise täte er so etwas ja nicht, aber auf gutes Benehmen kam es jetzt auch schon nicht mehr an. Er erstickte langsam, in einem Land der verpassten Gelegenheiten. So vieles hätte er tun sollen: Valencia ansprechen, Lola sagen, wie lieb er sie hatte. Wenigstens den Versuch machen, seine Eltern und Brüder zu verstehen, Kaori dafür danken, dass sie so eine gute Freundin war. Für all das war es jetzt zu spät.

Irgendwann würde Pah wiederkommen, da war Virgil sich ganz sicher. Er würde sich Gulliver als Vorspeise schnappen und sich dann über das Hauptgericht hermachen. Und selbst wenn Pah nicht kam, so war doch alles hoffnungslos.

Virgil schluchzte heftig. Er weinte, bis sein innerer Wasserhahn leer gelaufen war. Wie sollte ihn jemand im Brunnen finden? Bulle war der Einzige, der ihn retten könnte, aber dass das geschah, das konnte Virgil sich abschminken. Bulle hatte ihn sicher schon längst vergessen. Oder er war wieder zurück in seiner Teufelshöhle und hielt alle seine Untaten in einem Buch fest. *Erster Tag der Sommerferien: Virgil Salinas in einen Brunnen gesperrt.*

Vom langen Weinen brannten Virgils Augen, die Wangen taten ihm weh, seine Nase zitterte.

Weinen konnte richtig wehtun. Deswegen hasste er es auch so.

»Weinen ist gut für die Seele«, sagte Ruby leise. »Es bedeutet, dass etwas von der Seele muss. Etwas so Schweres, dass es einen Menschen niederdrückt, wenn es weiter in der Seele bleibt. Am Ende kann er sich kaum noch bewegen.«

»Ich kann gar nichts mehr machen«, sagte Virgil. Seine Stimme war heiser vom vielen Weinen.

»Du solltest noch einen Versuch machen, ganz laut um Hilfe zu rufen.«

Virgil presste beide Handballen auf die Augen. »Wozu? Hier hört mich sowieso keiner.«

»Von allen Fragen, die du dir im Leben stellen kannst, darfst du diese nie stellen: ›Wozu?‹ Das ist die schlimmste Frage der Welt«, sagte Ruby.

»Du hörst dich an wie Lola.«

»Gut.«

»Sie fehlt mir.« Ganz leise hatte er das gesagt, weil es ihm peinlich war, sogar vor ihm selbst. Aber es musste raus. Dinge, die man laut ausspricht, lässt man los. Das hatte Lola ihm einmal gesagt. Aber es schien nicht zu funktionieren, denn er vermisste Lola noch immer.

»Es ist ja nicht so, als würdest du sie nie wiedersehen«, sagte Ruby.

»Woher willst du das wissen? Niemand findet mich hier. Niemand kann mich retten. Es gibt keine Hilfe.«

»Bayani, von allem, was du dir in deinem Leben selbst sagen kannst, sag das nie: ›Es gibt keine Hilfe.‹«

»Na gut. Dann eben: Es ist zu spät.«

Ruby seufzte, und ihr Seufzer stieg auf wie ein unsichtbares Rauchwölkchen.

»Noch schlimmer«, sagte sie.

Virgil sackte neben der Brunnenwand zusammen. Am liebsten hätte er geschlafen, um nicht zu erleben, wie er verhungerte, aber einschlafen war unmöglich, solange Pah irgendwo da draußen war. Vielleicht schwebte er ja sogar schon lauernd über Virgils Kopf und wartete nur darauf, hinabzustoßen. Kreiste über ihm wie ein Geier. Virgil wagte es nicht, hochzuschauen. Es war ohnehin zu dunkel.

So dunkel, wie Pah es liebte.

Virgil hielt die Luft an.

Hatte da gerade eine Feder seine Wange berührt?

Hatte da etwas geraschelt?

Virgil legte beide Hände über die Ohren.

»Versuch noch einmal, um Hilfe zu rufen«, sagte Ruby.

»Ich will nicht. Sonst …«

»Sonst?«

»Es könnte Pah auf seinem unsichtbaren Ausguck aufschrecken, und dann macht er sich über uns her.«

»Ich sagte doch schon, er wächst nur, wenn du Angst vor ihm hast«, sagte Ruby. »Beachte ihn gar nicht. Schrei einfach. Tu's für mich.«

Langsam ließ Virgil beide Hände sinken. Um ihn herum war es ganz still.

»Du darfst nicht einfach aufgeben«, sagte Ruby.

»Es gibt Momente, da muss ein Mensch einfach aufgeben. Das ist nun mal so.«

»Sag mir ein Beispiel«, bat Ruby.

»Ich bin zu müde für Beispiele.«

»Weich meiner Frage nicht aus, nur weil du keine Lust hast, über die Antwort nachzudenken.«

Virgil seufzte. Dann dachte er kurz nach. »Okay. Stell dir vor, du nimmst an einem Wettrennen teil. Einem richtig, richtig langen. Du hast dich angemeldet, weil du dachtest, du schaffst es. Monatelang, vielleicht sogar jahrelang, hast du trainiert. Dann kommt der große Tag, und du rennst und rennst. Auf einmal machen deine Beine schlapp, du hast schrecklichen Durst und bekommst kaum noch Luft. Das Ziel ist noch weit, am anderen Ende der Straße oder so. Du kannst einfach nicht mehr, du musst dich übergeben. Wenn du jetzt weiterläufst, kippst du tot um. Also hörst du auf und setzt dich an den Straßenrand, um nicht zu sterben. Du musst aufgeben, sonst …«

»Ein ganz schlechtes Beispiel«, sagte Ruby sofort.

Virgil zog die Augenbrauen zusammen und guckte böse ins Dunkel. »Gar nicht wahr!«

»Doch.«

»Wieso findest du es schlecht?«

»Weil der Mensch in deiner Geschichte gar nicht aufgegeben hat. Wenn er gar nicht erst angetreten wäre zum Rennen, dann hätte er aufgegeben.«

Virgil seufzte wieder.

»Ich will schlafen. Kannst du für mich Wache halten?«

»Kann ich … Wenn du noch einmal um Hilfe rufst. Ein letztes Mal.«

»Versprochen?«

»Versprochen, Bayani. Und jetzt schrei, so laut du kannst.«

Virgil holte tief, tief Luft. Er füllte seine Lungen mit Luft und machte den Mund weit auf. Und dann brüllte er, brüllte und brüllte, bis seine Stimme versagte.

33
Tanaka & Somerset

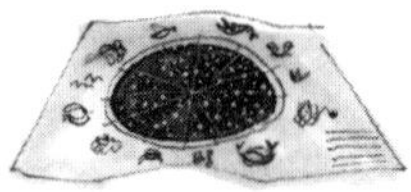

»Habt ihr das gehört?«, fragte Kaori. Sie hatte beide Hände gehoben, die Handflächen nach außen, so als wollte sie sagen: »Alle sofort stehen bleiben!«

Gen war ganz blass geworden. Sie riss die Augen weit auf und tat einen Schritt auf ihre große Schwester zu. Erst einen, dann noch einen. »Ich hab's gehört.«

»Was? Was ist los?«, fragte Nur-Renée und blickte von einem Tanaka-Mädchen zum anderen.

»Es hat sich so angehört wie …« Mit den Augen suchte Gen den Wald ab, blieb aber ansonsten völlig reglos.

»Wie jemand, der um Hilfe ruft«, sagte Kaori.

Nur-Renées Augenbrauen hoben sich. »Ihr meint, da hätte jemand geschrien? Seid ihr sicher?«

»Ja«, antworteten die Schwestern wie aus einem Munde.

Kaori zeigte in Richtung Westen. »Der Schrei kam von da drüben.«

Ohne ein weiteres Wort schlugen die drei Mädchen diese Richtung ein. Ein Dutzend Bilder jagten durch Kaoris Kopf:

Virgil am Fuß einer Trauerweide, mit gebrochenem Bein.

Virgil wie eine hilflose Katze auf dem obersten Ast des höchsten Baumes. (Gleichzeitig wusste sie, niemals würde Virgil auf einen Baum steigen, schon gar nicht auf einen so hohen.)

Virgil neben einem Felsen, mit einer dicken Beule am Kopf.

All ihre Gedanken kreisten um Virgil. Es wäre ihr nicht in den Sinn gekommen, dass sie nur zwei Minuten später eine völlig andere Entdeckung machen würde.

Ein Junge, den sie nicht kannte, saß am Boden, den Rücken an eine Kiefer gelehnt, und hatte sich ein weißes T-Shirt um den fleischigen Arm gewickelt.

Als der Junge die Mädchen kommen sah, veränderte sich sein Gesichtsausdruck von *ängstlich und weinerlich* zu *ängstlich und sauer.* Er schaute erst Kaori und Gen an, dann fiel sein Blick auf Nur-Renée. Sofort setzte er eine coole Miene auf und hatte keinerlei Ähnlichkeit mehr mit einem Menschen, der kurz zuvor einen Hilfeschrei losgelassen hatte.

»Was willst du denn hier?«, blaffte er.

Offensichtlich kannten die beiden sich. Wenigstens sagte das Kaoris hellseherischer Sinn.

»Hast du um Hilfe gerufen?«, fragte Nur-Renée und klang gelangweilt.

Mit einem verächtlichen Schnauben wandte sich der Junge ab und zog den verbundenen Arm fester an sich. Den Mädchen war sofort klar, dass der Schrei von ihm gekommen war, auch wenn er ein wenig überzeugendes »Nein!« hervorstieß.

»Was ist denn mit deinem Arm?«, fragte Gen, deren Gesichtsfarbe sich wieder erholt hatte. Dabei zeigte sie auf den provisorischen Verband, den Kaori inzwischen als Kissenbezug erkannt hatte.

»Ich bin von einer Schlange gebissen worden, wenn ihr es genau wissen wollt.« Jetzt klang er mächtig stolz. »Einer ganz großen. Einer Kobra. Die hat mir fast den Arm abgebissen.«

»Echt?« Gen hatte wie gebannt zugehört.

»Echt! Ich muss wahrscheinlich sterben, wenn ihr

mich nicht sofort in ein Krankenhaus schafft oder so. Das Viech war bestimmt giftig.« Dabei schaute er die Mädchen nacheinander an.

Nur-Renée gab Gen ihre Tasche und kniete sich neben dem Jungen ins Laub, das unter ihr nachgab. Dann signalisierte sie mit den Händen, der Junge solle ihr die Wunde zeigen. Wie eine Mutter mit einem verzogenen Kind ging sie mit ihm um.

Er riss den Arm ruckartig weg. »Was willst du? Mich verhexen?«

Nur-Renée verdrehte dramatisch die Augen. »Ich weiß eine Menge über Schlangenbisse, also zeig mir jetzt endlich deinen blöden Arm!«

»Kommt gar nicht infrage.«

Nur-Renée ließ die Arme sinken und zuckte mit den Schultern. »Meinetwegen. Aber wenn du dieses Hemd, oder was du da hast, immer weiter um die Wunde wickelst, dann müssen sie dir vermutlich den Arm amputieren. Man darf die Wunde nicht abbinden.«

Wieder schnaubte der Junge. »Du spinnst doch. Wunden muss man immer abbinden. Das weiß doch jeder.«

»So ein Verband erwärmt die Haut und bindet Feuchtigkeit, in der das Gift sich gut ausbreiten kann. Dann ...« Sie machte eine Handbewegung, als wollte sie sich den Arm abschlagen. »Deshalb soll man die Wunde nicht abbinden. Abgesehen davon glaube ich nicht, dass es eine Giftschlange war.«

»Wie willst du das wissen?«, fragte Gen. Sie schien enttäuscht. Offenbar hätte sie es viel spannender gefunden, jemanden zu treffen, der kurz davor war, an einem Schlangenbiss zu sterben, als einen doofen Jungen mit einer Infektion, an der er auch noch selbst schuld war.

Kaori beobachtete die Szene interessiert. Nur-Renée wusste offenbar eine Menge über Tiere und über die Natur im Allgemeinen. Vielleicht sollten sie Geschäftspartner werden. Kaori könnte die Zukunft vorhersagen und spirituelle Hilfe anbieten, während Nur-Renées Kenntnisse bei Zaubersprüchen und dergleichen hilfreich wären. Wenn Kaori zum Beispiel einen speziellen Stein brauchte, würde Nur-Renée wissen, wo der zu finden war. Sie müssten nur einen guten Namen für ihre Firma finden. Kaori und Nur-Renée, das war nichts, das klang viel zu lahm. Etwas Gutes brauchten sie, etwas, was erwachsen und professionell klang. Wie wäre es mit ihren Nachnamen? Tanaka und …?

Kaori tippte Nur-Renée auf die Schulter, gerade als der Junge widerwillig den Arm hob.

Nur-Renée drehte sich zu Kaori um.

»Wie heißt du eigentlich mit Nachnamen?«, fragte Kaori. »Interessiert mich nur gerade.«

Nur-Renée zögerte kurz, dann sagte sie: »Somerset.«

Tanaka & Somerset! Perfekt! Das hörte sich nach einem richtigen Unternehmen an.

Kaori sah schon das Firmenschild vor sich, die leuchtenden Buchstaben. Fast spürten ihre Augen das blinkende Licht. Tanaka & Somerset. Tanaka & Somerset. Tanaka & Somerset.

Als Nur-Renée den Kissenbezug entfernte, um sich den Schlangenbiss anzusehen, hockte Gen sich neben sie.

»Das ist alles?«, fragte sie. »Das ist der Mordsschlangenbiss?«

Auch Kaori sah sich jetzt die Wunde an. Sie hatte etwas Schreckliches erwartet – eine enorme Schwellung, aus der Schleim und Eiter quollen –, stattdessen war der Arm des Jungen einfach nur gerötet. Das war alles. Nicht einmal der Abdruck von Schlangenzähnen war zu sehen.

»Das ist ja fast gar nichts!«, sagte Gen.

»Natürlich nicht!«, fuhr der Junge sie an. »Als sie mich gebissen hat, habe ich sie mit der anderen Hand so fest gepackt, dass sie mir nicht noch mehr tun konnte. Dann habe ich ihre Zähne aus meinem

Arm gezogen, ihr den Hals umgedreht und das tote Tier in den alten Brunnen geworfen.«

Nur-Renée warf Kaori einen Blick zu, der zu sagen schien: »Ganz bestimmt!«

»Woher weißt du, dass es keine Giftschlange war?«, fragte Gen. Doch Nur-Renée konnte sie nicht hören, weil sie auf den Arm des Jungen schaute.

»He!«, sagte der Junge und wackelte mit dem Arm, um auf sich aufmerksam zu machen. Als Nur-Renée aufblickte, kam es Kaori vor, als könnte sie mit den Augen Laserstrahlen abschießen. »Das blöde Baby hat dich was gefragt«, sagte der Junge. Gen riss sich ihr Springseil von der Schulter und hielt es wie eine Peitsche in der Hand, doch das grellpinke Ding mit lauter Smileys auf den Griffen sah nicht sehr bedrohlich aus. »Wie hast du mich genannt?«

Der Junge ignorierte sie und wiederholte Gens Frage an Renée. Dabei presste er seinen Arm an die Brust wie ein kostbares Juwel.

»Weil das hier fast kein Biss ist. Das könnte genauso gut ein Wespenstich sein.« Nur-Renée begann, die Gründe an den Fingern aufzuzählen. »Dein Hals schwillt nicht zu, du hast kein Fieber und keinen Krampfanfall, und du sitzt hier und quatschst genauso bescheuertes Zeug wie sonst auch. Vermutlich bist du von einer Natter gebissen worden: einer Wassernatter, einer Strumpfbandnatter oder vielleicht auch einer Schwarznatter.«

»Mir doch egal, du taube Nuss.« Er hievte sich mühsam auf die Beine.

»Wie hast du's überhaupt geschafft, von einer Schlange gebissen zu werden?«, fragte Kaori und bemühte sich um einen möglichst herablassenden Tonfall.

»Ich war auf Schlangenjagd, schon seit heute früh«, sagte er. »Das ist mein Hobby. Ich fange Schlangen und töte sie mit bloßen Händen.« Er zeigte ihr seine Finger.

»Soll ich jetzt beeindruckt sein? Für mich klingt das eher so, als hättest du einen Dachschaden.«

Auch Nur-Renée war aufgestanden. »Geh zurück in deine Höhle, du Neandertaler, und lass warmes Wasser über deine sogenannte Wunde laufen. Dann wasch sie mit einer milden Seife aus. Du willst ja nicht, dass sie sich entzündet, sonst …« Wieder machte sie die Hackbewegung. »Und nur dass du's weißt: Ich heiße Valencia, nicht *taube Nuss*.«

Gen und Kaori sahen sich verwirrt an.

»Ich heiße Valencia.«

»Ich dachte, du heißt Renée«, sagte Gen und sprach damit auch für ihre Schwester. Doch Valencia hörte nichts. Sie hatte sich abgewandt und schaute dem Schlangenbissopfer mit bösen Blicken nach.

34
Valencia

Ich geb's ja zu, ein bisschen enttäuscht war ich schon, als sich herausstellte, dass die Schlange nicht giftig gewesen war. Natürlich hätte ich Chet nicht gewünscht, dass sein Hals zuschwoll oder so – das würde ich keinem Menschen wünschen –, aber ein aufregender Besuch in der Notaufnahme mit einem durch Schlangengift infizierten Arm, das wäre schon was gewesen. Andererseits hätte Chet dadurch eine tolle Geschichte zu erzählen gehabt, und von daher ist es vielleicht besser so, wie es ist. Ich kann mir lebhaft vorstellen, wie er mit der Sache geprahlt hätte: *Ich kam in die Notaufnahme, Mann, und wäre um ein Haar gestorben. Eine Zeit lang hing mein Schicksal am seidenen Faden. Es war ein*

Glück, haben die Ärzte gesagt, dass ich die Kobra rechtzeitig umgebracht habe. Bloß gut, dass ich so stark bin und das Viech abmurksen und in den Brunnen werfen konnte.«

Aber vermutlich wird er diese Geschichte trotzdem erzählen.

Nachdem Chet gegangen ist, hebe ich den Kissenbezug auf wie eine dreckige Socke. Den Gedanken, etwas anzufassen, an dem Chets Schweiß klebt, finde ich nicht gerade so toll, aber ich habe den Wald mit den alten Schüsseln meiner Mutter schon genug zugemüllt, da kann ich wenigstens dieses eklige Ding wegwerfen. Sonst findet es noch eine Eichhörnchenfamilie. Oder Santo. Die Vorstellung, dass Santo Chets Kissenbezug als Schmusedecke benutzen könnte, behagt mir gar nicht.

Ich drehe mich zu Gen und Kaori um, und beide sehen mich völlig verwirrt an, so als wüssten sie plötzlich nicht mehr, wer ich bin.

»Wir sollten zusammen ein Geschäft gründen«, schlägt Kaori vor.

»Was?«, frage ich. Ich muss das falsch verstanden haben.

»Wir sollten zusammen ein Geschäft gründen«, wiederholt Kaori. »Ich kenne mich mit der spirituellen Welt aus und du dich mit der Natur. Wir wären die perfekten Partner. Deswegen hat uns das

Schicksal wohl zusammengeführt und zu Freundinnen gemacht.«

Freundinnen. So wie sie das sagt, fühle ich mich, als hätte ich etwas gefunden. Ich weiß, das hört sich jetzt kitschig an, aber in diesem Moment, durch dieses eine Wort, fühle ich mich plötzlich wie ein anderer Mensch. Ist so etwas möglich?

»Vielleicht war's auch nur Zufall«, sage ich.

»Es gibt keine Zufälle«, sagen Gen und Kaori wie aus einem Munde.

Aus irgendeinem Grund müssen wir alle drei lachen, und auf einmal ist es mir egal, dass ich Chets ekligen Kissenbezug in der Hand halte.

Als wir schließlich aufhören zu lachen, macht Kaori ein ernstes Gesicht.

»Aber erst ...« Sie zögert. »Erst musst du uns die Wahrheit über etwas sagen.« Sie und Gen tauschen Blicke. Gen hat noch immer meine Tasche, und ich greife schnell danach.

»Heißt du wirklich Renée?«

Ich stelle mich gerade hin, so gerade, wie ich nur kann, und hänge mir die Tasche über die Schulter.

»Nein«, antworte ich, »ich heiße Valencia. Valencia Somerset.«

Es klingt wie ein Schlachtruf.

35
V.S.

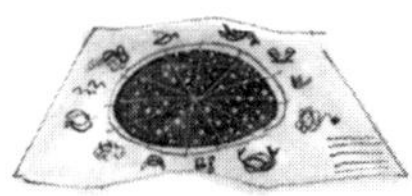

Kaori war sich sicher, dass sie den Namen Valencia Somerset in ihrem ganzen Leben noch nicht gehört hatte. Trotzdem hatte er einen irgendwie vertrauten Klang. Etwas machte *Klick* in ihrem Gehirn und sagte: ACHTUNG! WICHTIG! Doch Kaori kam einfach nicht dahinter. Mit zusammengepressten Lippen stand sie da und versuchte, die Antwort ans Tageslicht zu zwingen, aber es gelang ihr nicht. Sie war ganz nah daran, das spürte sie, so als müsste sie nur eine Hand ausstrecken, um die Antwort berühren zu können. Wenn sie nur wüsste, wo sie sie finden sollte.

Valencia Somerset

Als Renée – oder Valencia – ihren Namen gesagt

hatte, da hatte sie sich hoch aufgerichtet, so als wäre sie stolz darauf. Kaori verstand das gut, auch sie war stolz auf ihren Namen. Es war wichtig, einen Namen zu haben, der einem Kraft schenkte, davon war Kaori fest überzeugt.

»Wir sollten mal weiter nach dem Stein suchen«, sagte sie. »Virgil ist seit Stunden verschwunden. Zurück an die Arbeit!«

Gens Miene leuchtete auf. »Ich hab's! Vielleicht brauchen wir gar nicht so einen Schlangenstein – wir haben doch einen echten Schlangenbiss!« Dabei zeigte sie auf den Kissenbezug, den Valencia noch immer zwischen Daumen und Zeigefinger hielt. »Na ja, keinen echten Schlangenbiss, aber immerhin Schlangensaft. Das gilt bestimmt auch.« Erwartungsvoll schaute sie ihre Schwester an.

Hm, dachte Kaori. Vielleicht lag Gen damit gar nicht so falsch. Spucke aus dem Maul einer echten Schlange musste doch mehr wert sein als so ein Stein, oder? Das wäre doch nur logisch.

»Was meinst du?«, fragte Kaori. Noch nie – nicht einmal in ihren früheren Leben – hatte sie einen anderen Menschen um Rat gefragt, aber falls sie tatsächlich Geschäftspartnerinnen werden wollten, dann wäre jetzt ein guter Zeitpunkt, damit anzufangen. Kaori wusste, wie wichtig gute Zusammenarbeit in einem Unternehmen war.

Valencia nickte. »Scheint mir vernünftig.«

Doch dann gab es wieder eine Unterbrechung, denn Valencias Handy surrte. Der Ton war so laut, dass Kaori erst dachte, es sei ihr eigenes Telefon.

»Meine Mutter«, erklärte Valencia, als sie die Nachricht sah, mit einer Miene, als hätte sie soeben sechs Stunden Nachsitzen aufgebrummt bekommen. »Sie will wissen, wo ich bin.« Sie rollte mit den Augen. Der Kissenbezug baumelte an ihrer Seite und erinnerte Kaori an Bilder aus ihrem Geschichtsbuch, auf denen Menschen weiße Fahnen schwenkten zum Zeichen ihrer Kapitulation.

»Heißt das, du musst nach Hause?«, fragte Gen weinerlich und hörbar enttäuscht.

»Theoretisch«, sagte Valencia.

Gerade wollte Kaori sagen, dass die Zeremonie nicht lange dauern würde, und wenn Valencia vielleicht doch noch ein Viertelstündchen … Doch genau da läuteten die Glocken des buddhistischen Klosters, und Kaori musste ihr eigenes Telefon hervorholen. Eine Nachricht von ihrer Mutter. Man sollte meinen, alle Eltern hätten sich miteinander verschworen.

»Von Mrs. Tanaka«, sagte Kaori zu ihrer Schwester.

Doch die Mutter wollte gar nicht wissen, wo die beiden waren oder wann sie nach Hause kämen.

Hast du zufällig
Virgil Salinas gesehen?

Kaori sank das Herz bis zu den Knien. Die Frage konnte nur eins bedeuten: dass jemand sich bei ihrer Mutter erkundigt hatte – Virgils Eltern oder seine Brüder oder Lola. Das wiederum bedeutete, die Familie wusste auch nicht, wo er war. Und das bedeutete, dass es sich um einen waschechten Notfall handelte.

Kaori schrieb zurück.

Nein. Er wollte um elf
bei mir sein, kam aber nicht.

Sie wollte schon weitere Einzelheiten schreiben – dass sie nach ihm suchten und gerade eine Zeremonie abhalten wollten –, doch dann würde Mrs. Tanaka sie und Gen sicher sofort nach Hause beordern. Also beließ sie es bei dem einen Satz und wartete lieber auf die Antwort ihrer Mutter.

»Sie fragt, ob ich weiß, wo Virgil ist«, sagte Kaori und klang so bedrückt, wie sie sich fühlte.

Etwas stimmte hier nicht.

Etwas stimmte ganz und gar nicht.

»Das heißt, dass seine Eltern nach ihm suchen.«

Sie sah Gen an. »Von ihnen ist er also nicht aufgehalten worden, wie wir gedacht haben. Und er ist nicht mehr da gewesen, seit Renée – ähm, Valencia – dort war.«

Gen runzelte die Stirn. Die drei schwiegen eine Weile, doch dann leuchtete Gens Miene wieder auf.

»Vielleicht ist er mit V. S. unterwegs«, schlug sie vor. »Vielleicht sind sie miteinander durchgebrannt, wie in den Filmen.«

»Unmöglich«, sagte Kaori. »Gestern konnte er nicht einmal ihre Anfangsbuchstaben aussprechen, ohne fast daran zu ersticken.«

Wieder vibrierte Valencias Telefon.

»Gar nicht unmöglich«, widersprach Gen, während Valencia eine Nachricht in ihr Handy tippte. »Kann doch sein, dass er ihr gestern Abend oder heute früh geschrieben hat, und jetzt sind sie zusammen unterwegs, er und V. S., sitzen im Kino und essen Popcorn.«

»Du sitzt zu viel vor der Glotze«, sagte Kaori. »Es ist völlig ausgeschlossen, dass Virgil mit V. S. durchgebrannt ist. Das ist reiner …«

Sie brach mitten im Satz ab.

»Was ist?«, fragte Gen.

Auf einmal verstand Kaori, warum Valencias Name ihr so vertraut und so wichtig vorgekommen war.

Valencia Somerset.

Kaori tippte Valencia auf den Arm, und als die sich umdrehte, fragte Kaori: »Was ist dein Sternzeichen?«

Valencia steckte ihr Telefon wieder ein und zog eine Augenbraue hoch. »Warum?«

»Sag's mir einfach. Bist du Skorpion?«

Valencia zögerte. »Ja. Vorher weißt du das?«

»Und gehst du donnerstags in den Förderunterricht?«

Valencia legte den Kopf schief und guckte misstrauisch. »Ja. Warum?«

Gen hüpfte begeistert auf und ab. »Mensch, Kaori! Sie ist V. S.! Sie ist V. S.«

»Ja«, sagte Kaori mit professioneller Gelassenheit. »Sie ist V. S.«

»Was ist eigentlich los?«, fragte Valencia verwirrt. »Ich kann euch nicht verstehen.«

Kaori stellte sich schnell neben Gen und hielt ihr den Mund zu. »Das können wir dir nicht sagen.«

»Warum nicht?«

»Darum nicht.«

»Das ist keine Antwort«, sagte Valencia. »Offenbar hat es ja was mit mir zu tun, und deshalb habe ich auch ein Recht, es zu wissen.« Sie schaute Gen an. »Also, was ist los?«

»Wir können es dir nicht sagen. Sonst würden wir dem Schicksal in die Quere kommen«, sagte

Kaori und hielt ihrer Schwester weiter den Mund zu.

Valencia machte ein Gesicht, als würde sie gleich anfangen zu lachen.

»Ich mein's ernst«, sagte Kaori. »Das Schicksal war heute sehr mächtig. Jetzt ist alles klar.«

»Komm schon«, sagte Valencia. »Sag's endlich.«

»Sobald wir Virgil finden, verstehst du alles.«

Kaori fühlte Gens Aufregung. Unter ihrer Hand brodelte es regelrecht, und Gen schien kurz davor zu explodieren.

Valencia stemmte die Hände in die Seiten. »Wenn ihr es mir nicht sagt, helfe ich euch nicht, ihn zu finden.«

»Und wenn sein Leben in Gefahr ist? Du würdest sein Leben riskieren, nur weil ich's dir nicht sage?«

Valencia machte ein erschrockenes Gesicht und ließ beide Arme sinken. »Vermutlich hast du recht.« Dann schnellte einer ihrer Zeigefinger in Kaoris Richtung. »Aber wenn wir ihn finden, dann erzählst du's mir. Das musst du mir versprechen.«

Kaori ließ Gen los, um sich eine Hand aufs Herz zu legen. »Ich verspreche, dass du alles verstehst, wenn wir ihn finden.«

»*Falls* wir ihn finden«, sagte Gen.

»*Wenn*«, wiederholte Kaori. »*Wenn.*«

36
Vielleicht

Virgil war müde. Schlicht und einfach müde. Zwar hatte er immer noch Angst, Hunger und Durst, aber vor allem war er müde. Außerdem hatte er von Anfang an recht gehabt: Es war völlig zwecklos, um Hilfe zu brüllen; hier konnte ihn sowieso niemand hören. Kein Mensch würde vorbeikommen. Und die vielen Stunden der Angst hatten ihn ausgelaugt. So erschöpft war er, dass er sich nicht einmal mehr Sorgen wegen Pah machte.

Bayani, von allen Fragen, die du dir im Leben stellen kannst, darfst du diese nie stellen: ›Wozu?‹ Das ist die schlimmste Frage der Welt.

Ach, Ruby! Was wusste die schon?

Da es jetzt ohnehin zu Ende ging mit Virgil und

Gulliver, kuschelte er sich fest an seinen Rucksack und beschloss, ein Nickerchen zu machen. Allerdings wollte er nicht mit dem Gedanken an das einschlafen, was er im Leben alles falsch gemacht hatte, und so stellte er sich lieber vor, was er anders machen würde, falls er doch noch gerettet würde.

Erstens: Er würde seiner Mutter mutig die Meinung sagen. »Ich wünschte, du würdest mich nicht mehr Turtle nennen.« Sie würde »Okay« antworten, und er wäre einfach Virgil oder Virgilio oder wer auch immer. Die Familie könnte vielleicht einen neuen Spitznamen für ihn finden, Bayani zum Beispiel.

Zweitens: Wenn Bulle ihn das nächste Mal *Hirni* nannte, würde er den Mund aufmachen: »Wenn du das noch einmal sagst, wirst du's bitter bereuen!« Seine Stimme würde nicht zittern, und er würde es nicht nur so dahersagen, es wäre ihm wirklich ernst. Vielleicht würde er sich sogar mit Bulle prügeln. Aber vielleicht wäre das auch gar nicht nötig, weil Bulle kapiert hätte, dass Virgil fest entschlossen war. Jeder Zweifel ausgeschlossen.

Drittens (und das war das Wichtigste): Er würde Valencia ansprechen. Selbst wenn er nichts weiter sagte als »Hallo«. Ein einziges Wort. Mehr war doch gar nicht nötig, um eine Freundschaft zu beginnen. Ein Wort konnte alles ändern.

Er sagte es jetzt, mit seiner müden, matten Stimme: »Hallo. Hallo. Hallo.«

Beklommen klang die Stimme. Beklommen und gedämpft. So wie alles da unten im Brunnen.

»Ich bin müde«, sagte Virgil ins Leere hinein. »Ich schlafe jetzt. Soll Pah mich ruhig auffressen – mir doch egal.« Er legte den Kopf in den Nacken. »Hast du gehört, Pah? Friss mich ruhig! Aber lass Gulliver in Ruhe. Ich schlafe jetzt!«

Seine Lola hatte einmal gesagt: *Mit jedem Augenöffnen sieht die Welt anders aus.* Wenn er jetzt schlafen ginge, vielleicht würde er dann zu Hause aufwachen und könnte plötzlich die drei Dinge tun, die er sich vorgenommen hatte. Vielleicht läge er gemütlich in seinem warmen Bett und lauschte dem leisen Geklapper von Gullivers Käfig, während das Meerschweinchen an seiner Wasserflasche nuckelte.

Vielleicht.

37 Valencia

Mitten im Wald sollte man keine Kerzen anzünden, schon gar nicht, wenn es seit Tagen nicht mehr geregnet hat. Doch zum einen stehen wir auf einer kleinen Lichtung, und zum anderen beharrt Kaori darauf. Es sei wichtig für die Zeremonie. Was sie anschließend sagt, freut mich besonders: Ich soll mit der Schuhspitze einen Kreis in die Erde zeichnen und den Kissenbezug mit der Schlangenspucke hineinlegen. Natürlich bin ich heilfroh, das Ding loszuwerden.

Noch brennt die Kerze nicht, aber Gen hält die Streichhölzer schon in der Hand. Sie scheint erschreckend wild darauf, sie anzuzünden.

»Erst sagen wir den Spruch, dann zünden wir die Kerze an«, bestimmt Kaori.

»Wie geht der Spruch?«, frage ich.

Schon wieder vibriert das Handy in meiner Tasche, aber dieses Mal reagiere ich nicht. Was ist schon so schlimm daran, wenn ich nicht genau jetzt nach Hause komme? Außerdem habe ich gerade etwas wirklich Wichtiges zu tun – ich versuche jemandem dabei zu helfen, einen Freund zu finden. Aber das würde meine Mutter sowieso nicht verstehen.

»Er geht so.« Kaori schließt die Augen. »Hüter von allem, was verloren ging, führe uns zu dem, den wir suchen. Wir senden diesen Herzenswunsch ins Universum der erfüllten Wünsche.« Das sagt sie langsam und mit Betonung.

Ich warte.

»Das war's?«, fragt Gen.

»Ja. Wir zünden jetzt die Kerze an und warten.«

»Worauf?«, frage ich.

»Darauf, dass uns die Erleuchtung kommt.«

Ich muss zugeben, ich finde das alles ziemlich seltsam und blöd, und ich bin mir auch nicht so sicher, ob ich an Schicksal und all das glaube. Aber ich wäre gern Kaoris Geschäftspartnerin. Uns würde bestimmt etwas einfallen. Wenn wir mit dieser Zeremonie fertig sind, werde ich sie befragen.

»Seid ihr so weit?«, fragt Kaori. »Wir müssen die Worte gleichzeitig sprechen.«

Wir stehen ganz still da.

Kaori wiederholt den Spruch, und dann sprechen wir ihn zusammen nach.

Anschließend zündet Gen ein Streichholz an.

Als ich Kaori sagte, man dürfe im Wald keine Kerze abbrennen, hatte ich nicht damit gerechnet, dass wir tatsächlich ein Feuer auslösen würden, doch genau das passiert. Gen streicht mit dem Hölzchen zu fest über die Reibefläche, und so fliegt es ihr aus der Hand und landet im trockenen Laub außerhalb unseres Kreises. In null Komma nichts lodern Flammen auf. Nicht so hoch wie bei einem großen Waldbrand, eher wie die Flämmchen von unserem Gasherd zu Hause. Kein Grund zur Panik, aber Gen schreit sofort los wie am Spieß. Kaori und ich treten das Feuer aus, und mir gefällt die Vorstellung, mit jemandem befreundet zu sein, der keine Angst hat, Flammen auszutreten.

Das Feuer ist gelöscht, aber Gen schreit noch immer. Ich blicke auf und sehe, dass sie gar nicht mehr wegen des Feuers schreit. Sie zeigt auf etwas hinter mir, und ich drehe mich um.

Santo.

Er kommt auf uns zugerannt. Ein Hund mit einer Mission.

Neben mir bleibt er stehen und bellt einmal kurz, so als wollte er sich vergewissern, dass alles in Ordnung ist. So ist das nämlich bei Hunden: Sie spüren, wenn man in Schwierigkeiten steckt.

Die Luft riecht nach verbranntem Laub.

»Das ist Santo«, sage ich. »Der tut nichts. Er lebt hier im Wald. Ich kümmere mich ein bisschen um ihn.«

Kaori legt beide Arme um ihre kleine Schwester, doch genauso schnell, wie Gen hysterisch geworden ist, beruhigt sie sich auch wieder. Sie schüttelt Kaori ab, hockt sich neben Santo und krault ihn hinter den Ohren.

Kaori betrachtet die Reste des Feuers. »Und jetzt?«, fragt sie. »Das war's wohl mit der Zeremonie.«

Gerade als ich antworten will, vibriert mein Handy wieder. Ich sollte wohl lieber nachsehen, sonst geht das immer so weiter und macht mich noch wahnsinnig.

Das Display zeigt ungefähr fünf Millionen nicht gelesene Nachrichten von meiner Mutter an, aber auch zwei von einer unbekannten Nummer. Die erste lautet:

> Hallo, Valencia von Spanien!

Ich weiß sofort, von wem sie ist: von Virgils Lola. Die zweite SMS lautet:

Hast du meinen Virgilio gesehen?

Schon merkwürdig, wie das Gehirn funktioniert: Die ganze Zeit gab es so viele Hinweise, die uns zu Virgil hätten führen können, aber ich habe sie nicht verstanden.

Doch im Moment, wo ich Lolas SMS lese, ist es, als würde jemand einen Korken in meinem Gehirn ziehen, und plötzlich kommt es wie eine Welle über mich, und nach und nach begreife ich jeden Hinweis.

Der Weg, dem wir vom Haus der Tanakas zu dem von Virgils Familie gefolgt sind, führte mitten durch den Wald. Virgil war auf dem Weg zu seiner Verabredung mit Kaori. Vermutlich ist er denselben Weg gegangen.

Ich war schon seit heute früh auf Schlangenjagd, hatte Chet gesagt. *Das ist mein Hobby.*

Das heißt: Chet war zur selben Zeit im Wald wie Virgil. Chet, der mich nie an ihm vorbeigehen ließ, ohne dass er eine bescheuerte Geste machte. Chet, der sich jeden Tag in Bio über David Kistler lustig gemacht hat. Chet, der Pöbler.

Dann fällt mir die kleine Sammlung von Steinen ein, die ich am Morgen gesehen habe, und eine

Frage von Gen hallt als Echo in meinem Kopf nach: *Wie die fünf Steine, die Virgil suchen sollte?*

Und ich habe die Steine, die am Rand lagen, in den Brunnen geworfen, einen nach dem anderen!

Ich habe ihr den Hals umgedreht und sie in den alten Brunnen geworfen.

Seltsam, dass der Brunnen nicht zugedeckt war. Das ist er sonst immer.

Deswegen habe ich die Abdeckung ja auch zurückgelegt – damit keine Eichhörnchen in den Brunnen fallen.

Fast bleibt mir die Luft weg.

Das Handy mit Lolas Nachricht noch in der Hand, drehe ich mich langsam zu Kaori um.

Santo stupst gegen meine Hand.

»Ich weiß, wo er ist«, sage ich.

38
Licht

Mit jedem Augenöffnen sieht die Welt anders aus, Virgilio. Das ist ein Streich, den die Zeit uns spielt. Was du heute glaubst, glaubst du vielleicht schon morgen nicht mehr. Die Dinge verändern sich, während du gerade nicht hinschaust. Dann öffnest du die Augen und siehst …

Licht.

War das Licht?

Virgil waren die Augen zugefallen. Noch vor wenigen Stunden hätte er es für unmöglich gehalten zu schlafen, wenn man in höchster Lebensgefahr schwebt, doch dann war er tatsächlich eingeschlafen, mit Gulliver im Arm. Tränen, Angst und Einsamkeit hatten eine große Decke über ihn gebreitet und ihn aufgefordert zu schlafen, und das hatte er getan.

Doch auf einmal hatte sich die Dunkelheit auf der anderen Seite seiner Augenlider verändert, es war hell, so wie morgens vor der Schule, wenn sein Vater die Lampe anknipste, um ihn zu wecken. In der einen Sekunde noch Dunkelheit, in der nächsten Licht.

Aber *Licht* – das konnte doch gar nicht sein, oder?

Und auch nicht dieser Lärm?

Stimmen, die seinen Namen riefen?

Aber es hörte sich wirklich so an, als riefe jemand seinen Namen. Als riefen gleich mehrere Leute seinen Namen.

Hatte er da gerade einen Hund bellen hören? Aber das war doch genauso unmöglich!

Virgil wollte die Augen nicht aufmachen, er wollte nicht begreifen müssen, dass es nur ein Traum oder eine Täuschung gewesen war oder dass er tot war und dieses Licht sah, von dem man immer hörte. Wenn er jetzt die Augen aufmachte, dann wäre alles weg. Kaori und Gen würden nicht mehr »Virgil! Virgil!« rufen, zusammen mit einem dritten Mädchen, dessen Stimme ihm irgendwie bekannt vorkam, aber auch das konnte nicht sein. Das allein bewies ja, dass es sich um eine Täuschung handelte. Wieso sollte Valencia da oben bei Kaori und Gen sein? Sie kannten sich ja nicht einmal.

Das alles bewies, dass er nicht gerettet wurde, sondern im Gegenteil schon tot war.

Aber jetzt riefen sie wieder!

»Ich glaube, ich kann ihn sehen«, sagte Gen. »Aber ich weiß nicht, es ist so dunkel da drin.«

Jetzt schlug Virgil doch die Augen auf.

Er sah Licht. Er sah die Umrisse von drei Köpfen, die sich über den Brunnenrand beugten. Einer dieser Köpfe gehörte ganz sicher Kaori. Das erkannte er an den Haaren.

Er blinzelte. Blinzelte noch einmal.

»Hallo?«, sagte er, doch seine Stimme klang leise und heiser. »Hallo?«

Lauter, Bayani! Lauter!

»Hallo!«, rief er. »Hallo!«

»Er ist da drin! Er ist da drin!« Das war wieder Gen. Ihre helle Stimme füllte den Brunnen mit einer anderen Art von Licht.

»Virgil, ich bin's, Kaori! Wir holen dich da raus!«

»Oh«, sagte Virgil. »Gut.«

Er hätte gern mehr gesagt – viel, viel mehr –, aber das war alles, was er hervorbrachte.

Er stand auf. Seine Beine waren eingeschlafen und kribbelten. Als Erstes schaute er nach Gulliver, der ihn groß ansah. Die Schnurrbarthaare des Meerschweinchens zitterten.

»Wir sind gerettet«, sagte Virgil.

Gulliver zwitscherte. Virgil nahm seinen Rucksack ab und setzte ihn wieder andersherum auf.

»Valencia und Gen sind bei mir!«, rief Kaori.

So wie sie das gesagt hatte, kam es Virgil vor, als wüsste Kaori, wer Valencia war. Aber woher kannten die beiden einander? Wie hatte Kaori Valencia gefunden? Und: Hatte sie ihr irgendetwas gesagt?

Plötzlich fand Virgil die Situation furchtbar peinlich. Aber das spielte jetzt keine Rolle. Zuerst musste er gerettet werden. Danach konnte es ihm immer noch peinlich sein.

»Wieso kommst du nicht einfach die Leiter hoch?«, brüllte Kaori. »Wieso steckst du da unten fest?«

»Die unteren Sprossen der Leiter fehlen«, rief Virgil zurück. »Ich komm nicht dran.«

Die drei Köpfe am Brunnenrand wandten sich einander zu und diskutierten leise.

»Wir überlegen gerade, wie wir dich am besten herausholen«, erklärte ihm Gen. Dann ging die Diskussion oben leise weiter. Mehrere Sekunden lang konnte er nichts hören, bis Gen rief: »Moment mal! Wie wäre es hiermit?«

Virgil konnte nicht sehen, wovon sie sprach, aber es war ihm auch egal. Hauptsache, er kam damit aus dem Brunnen.

»Großartige Idee!« Das war Valencias Stimme. »Ich gehe runter.«

Virgil schluckte. Tatsächlich – Valencia war da oben bei Kaori und Gen. *Valencia.*

Hatte es mit den Steinen zu tun, den Steinen von unterschiedlicher Größe? Oder war alles nur ein Zufall?

Es gibt keine Zufälle.

Jemand kam die Leiter herunter und hielt dabei etwas in der Hand. Ein Seil vielleicht. Aber woher hatten sie ein Seil?

Es war Valencia. Sie kam schneller herunter als er selbst vor ein paar Stunden, aber langsam genug, um auf ihre Schritte zu achten.

Sei vorsichtig, wollte er gern sagen. Bitte sei vorsichtig.

Sein Herz klopfte wie wild.

Er räusperte sich.

Als sie die unterste Sprosse erreicht hatte, ließ sie ein Ende des Seils hinunterfallen. »Nimm das! Das andere Ende binde ich an der Leiter fest. Dann zieh dich am Seil hoch, so wie ein Bergsteiger.«

Ihr Gesicht konnte er in der Dunkelheit nicht sehen, also sah sie ihn umgekehrt auch nicht. Er war erleichtert.

Er griff nach dem Seil. Es war ein Springseil.

»Das ist mein Springseil, Virgil«, rief Gen stolz. »Ich hab's mitgenommen, als wir aus dem Haus gegangen sind! So ein Glück!«

Ja, dachte Virgil. *So ein großes, großes Glück!*

39
Valencia

Manchmal fällt es schon schwer, nicht an die Macht des Schicksals zu glauben. Etwa wenn man miterlebt, wie ein Junge aus einem Brunnen steigt, aus dem ihn ein kurzes rosa Springseil gerettet hat.

Als er draußen ist, guckt er als Erstes in seinen Rucksack, und ein Meerschweinchen streckt den Kopf heraus. Um es besser sehen zu können, trete ich näher heran. Santo bleibt an meiner Seite, aber ich schicke ihn zurück. Vielleicht möchte Virgil ja lieber keinen Hund so dicht bei seinem Meerschweinchen haben. Auch wenn Santo Gulliver sicher nicht fressen oder ihm sonst etwas tun würde, jedenfalls glaube ich das nicht.

Virgil steht reglos da. Als wäre er festgefroren.

Kaori und Gen reden beide gleichzeitig auf ihn ein, stellen eine Million Fragen, und auch wenn ich nicht alles verstehe, bekomme ich doch im Wesentlichen mit, worum es geht. Sie wollen wissen, ob es ihm gut geht, ob er auch nicht verletzt ist, ob er etwas braucht. Er lebt und er atmet, so viel ist jedenfalls klar, auch wenn er nicht spricht.

»Ich hatte auch mal ein Meerschweinchen«, sage ich.

Kaori und Gen hören auf mit ihren Fragen. Alle drei schauen wir Virgil an. Die beiden warten auf eine Antwort, und ich sehe ihm direkt ins Gesicht, damit ich ihn verstehen kann, wenn er etwas sagt. Aber er sagt nichts. Sein Gesichtsausdruck ist irgendwie merkwürdig, so als hätte ich ihn gerade mit einer Taschenlampe angeleuchtet. Er tritt von einem Fuß auf den anderen und dreht sich zu Kaori um. In solchen Momenten fühle ich mich normalerweise ignoriert, aber Virgil kommt mir nicht vor wie jemand, der so mit anderen umgeht.

Vielleicht steht er noch unter Schock nach all den Stunden unter der Erde. Ich weiß nicht, wie es mir ginge, wenn ich so in der Falle säße. In einem Brunnen gibt es ja nicht einmal viel zu erforschen. Aber alles in allem scheint es Virgil ganz gut zu gehen. Seine Augen sind rot und verquollen – ich wette, er hat geweint –, und seine Klamotten sind dreckig, aber sonst sieht er ganz so aus wie der Junge, den ich aus dem Förderunterricht kenne.

»Ich kauf dir ein neues Springseil«, sagt er zu Gen.

Ich kann ihn kaum hören.

Kaoris Blick wandert von Virgil zu mir und wieder zurück. So ähnlich gucken meine Lehrer, wenn sie darauf warten, dass einer aus der Klasse eine Aufgabe löst.

»Wen interessiert schon so ein blödes Seil?«, sagt Gen. »Erzähl uns lieber, was passiert ist. Wie bist du da drin gelandet? Was hast du die ganze Zeit da unten gemacht? Wie lange warst du da drin? Was hat Gulliver gemacht? Hattest du Angst? Dachtest du, du musst sterben? Wie lange hättest du wohl noch überlebt, was glaubst du?«

»Ehrlich, Gen – kannst du mal aufhören, Fragen zu stellen?«, sagt Kaori.

»Du hast doch gerade selbst eine gestellt«, antwortet Gen.

Virgil sieht mich kurz von der Seite an. An seinem Hals ist ein roter Fleck, der sich langsam nach oben ausbreitet, so als würde jemand Virgil von unten nach oben anmalen.

»Gulliver saß da unten fest«, sagt er. Ich verstehe ihn kaum, weil er so leise spricht und inzwischen wieder Kaori ansieht. »Ich musste runter und ihn holen.«

Ich sehe Kaori an. »Gulliver?«, frage ich, um sicherzugehen, dass ich Virgil richtig verstanden habe.

»So heißt das Meerschweinchen«, erklärt Kaori.

»Mein Meerschweinchen hieß Liliput«, sage ich zu Virgil.

Ich sehe ihm sofort an, dass er den Zusammenhang kapiert – er kennt die Geschichte also auch. Doch dann presst er die Lippen aufeinander, so fest, als wären sie mit einem Reißverschluss verschlossen.

»Virgil«, sagt Kaori, sieht dabei aber mich an, damit ich sie auch sicher verstehe. »Virgil, kennst du Valencia? Valencia Somerset? Du kennst sie, stimmt's?«

Wie sie das sagt, klingt es merkwürdig. So als wollte sie Virgil einen Hinweis geben. Aber was für einen?

Er nickt.

Alle vier stehen wir weiter da.

»Liliput ist eine Insel in dem Buch *Gullivers Reisen*«, sage ich, da sonst niemand spricht. »Ist das nicht ein Zufall?« Kaori und Gen machen schon beide den Mund auf, aber bevor sie etwas sagen können, hebe ich eine Hand. »Ich weiß, ich weiß. Es gibt keine Zufälle.«

Mein Handy vibriert wieder. Meine Mutter.

MACHE MIR SORGEN. WO BIST DU? KOMM JETZT HEIM.

Lauter Großbuchstaben. Kein gutes Zeichen.

Ich seufze. »Jetzt muss ich aber wirklich nach Hause. Meine Mutter rastet sonst aus.«

Kaori boxt Virgil in die Schulter. Santo schleicht um uns herum für den Fall, dass hier gleich etwas passiert, doch dann legt er sich neben Virgil und wedelt entspannt mit dem Schwanz. Ich weiß, was Kaoris Geste heißen soll: *Dieses Mädchen hat dich gerade aus einem Brunnen gerettet – willst du nicht wenigstens Danke sagen?*

Aber mich stört es nicht, dass er so stumm ist. Manche Leute sind nun mal schüchtern. Das heißt ja nicht, dass der Junge sich nicht benehmen kann. Ich weiß, wie es ist, wenn von einem erwartet wird, dass man das Richtige sagt, obwohl man keine Ahnung hat, was das Richtige ist. So fühle ich mich, wenn Leute mit mir sprechen und die drei WIEs vergessen.

Aber Kaori ist hartnäckig. Sie zieht beide Augenbrauen hoch und macht eine Bewegung mit der Hand. *Los, mach jetzt!,* heißt das wohl.

Virgil schaut auf seine Füße. Ich glaube, sein

Mund bewegt sich, aber falls er tatsächlich etwas sagt, kann ich's nicht verstehen, und jetzt hab ich auch keine Zeit, mich darum zu kümmern. Wenn ich nicht bald zu Hause auftauche, kriegt meine Mutter einen Nervenzusammenbruch. Hundertpro.

Ich verspreche Kaori, ihr später wegen Tanaka & Somerset zu schreiben, dann winke ich kurz und sage: »Wir sehen uns.«

Nach allem, was passiert ist, kommt mir dieses Ende schon ein bisschen dürftig vor, aber so ist es nun mal: Manchmal nehmen Dinge ein anderes Ende als erwartet.

40

Virgil Salinas – ein hoffnungsloser Fall

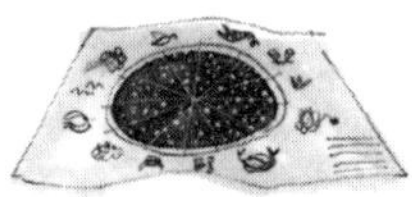

Kaori konnte es einfach nicht fassen: Das Universum – das riesige, geheimnisvolle, launische Universum – hatte all das bis ins kleinste Detail geplant (zweifellos mithilfe von Kaori), und was machte Virgil? Er brachte gerade mal zwei Wörter heraus.

»Wie bitte?«, sagte sie. »Ich meine: Was war das jetzt? Sie ist V. S.! Und du sprichst nicht einmal mit ihr?«

Virgil wurde knallrot. Er legte eine Hand auf Santos Kopf und strich mit den Fingern durch das raue Hundefell. »Wie meinst du das?«

Valencia war jetzt nicht mehr zu sehen, aber Kaori deutete die Richtung an, in der das Mädchen verschwunden war. Um zu zeigen, wie genervt sie war, verdrehte Kaori die Augen und stieß einen abgrundtiefen Seufzer aus.

»Du hast kaum den Mund aufgemacht! Das war *die* Gelegenheit für dich, Virgil! Das Schuljahr ist vorbei, Valencia rettet dich aus dem Brunnen …«

»Immerhin mit *meinem* Springseil!«, fiel ihr Gen ins Wort.

»… und du stehst einfach stumm da!«, fuhr Kaori fort. »Ich dachte, sie ist das Mädchen deiner Träume. Das Schicksal hat euch zu Freunden bestimmt oder so.«

Virgils Gesicht hatte jetzt die Farbe einer reifen Erdbeere. »Wie stellst du dir das vor?«, sagte er zögernd. »Ich kenne sie doch kaum.«

Kaori kreuzte die Arme vor der Brust, und Gen tat es ihr nach.

»Virgil Salinas, ich merke sehr wohl, wenn man mich anlügt, und du bist eindeutig der schlechteste Lügner des gesamten Universums. Was wirklich traurig ist, weil das Universum höchstpersönlich gerade alles tut, um dir zu helfen.«

Virgil sah Santo an.

Santo sah Virgil an.

»Das Universum tut gar nichts, Kaori. Wenn es das könnte, dann würde es nicht …«

Er schwieg.

»Würde es was nicht?«, fragte Kaori.

»Ach, nichts.«

»Wenn das Universum keine Rolle spielt, wie erklärst du dir dann, was heute passiert ist?« Sie zählte die Ereignisse an den Fingern auf: »Genau an dem Tag, an dem du verschwindest, kommt V. S. zu mir. Zweitens: Sie kommt dahinter, wo du steckst. Drittens: Gen hat ihr Springseil dabei.«

»Genau«, pflichtete Gen ihrer Schwester bei.

»Und wir sollten auch nicht vergessen«, fuhr Kaori fort und hob wegen der großen Bedeutung ihrer Bemerkung einen Finger, »dass sie ein Meerschweinchen hatte, das genauso heißt wie deins.«

»Nicht genauso. Ihrs hieß Liliput!«

»Ist doch so gut wie dasselbe.«

Kaori hätte wohl immer so weitergemacht, wenn nicht eine SMS ihrer Mutter sie zum Essen nach Hause beordert hätte.

Virgils Blick ruhte weiter auf dem Hund. »Kaori, diese ganzen Sachen – das ist doch reiner …«

»Sag's nicht«, warnte Kaori.

»Das war alles nur …«

»Sag's nicht«, sagte Gen.

»… Zufall.«

Kaori ließ den Kopf sinken. »Wenn du das glaubst, dann bist du ein hoffnungsloser Fall, Virgil Salinas.« Sie wandte sich an ihre Schwester. »Komm, Gen. Mrs. Tanaka hat Hähnchenschnitzel gebraten.«

41
Der Tiger von der Elm Street. Teil zwei

Zwei Wörter hätte er sagen müssen. Ganze *zwei* Wörter: Danke schön! Valencia Somerset hatte ihn aus einem Brunnen gerettet, und er hatte ihr nicht einmal gedankt. Nicht ein einziges Wort hatte er gesagt. Nicht einmal »Hallo«. Wie schwer konnte es sein, den Mund aufzumachen und etwas zu sagen? Warum musste er so sein? So *virgilig?*

Hallo, Valencia, murmelte er vor sich hin, während er die Elm Street hinunterlief, zusammen mit Santo, der nicht mehr von seiner Seite wich, so als wären die beiden durch eine unsichtbare Hundeleine miteinander verbunden. *Danke. Du hast mir echt das Leben gerettet. Du hast was bei mir gut.*

Alle Knochen taten ihm weh, und auch sein Magen brannte vor lauter Hunger. In seinem Kopf pochte es so, als hätte der seinen eigenen Herzschlag. Virgil war schmutzig und voller Kratzer. Er hätte sterben können. Trotzdem hätte er »Danke« sagen können. Wenigstens »Hallo« hätte er sagen können.

Klack-klack machten Santos Pfoten auf dem Bürgersteig. Wie immer spürte Virgil, dass sie mit jedem Schritt dem Haus der Familie Bullens näher kamen, aber er war zu erschöpft, um sich deswegen Sorgen zu machen. Seit er dem Tod ins Gesicht gesehen hatte, kam ihm Chet zu gewöhnlich vor. Regelrecht langweilig.

Virgil wusste nicht, ob das Schicksal ihn prüfen wollte oder ob es sich um sein übliches Samstagsglück handelte, jedenfalls war Bulle draußen, als Virgil und Santo sich näherten. Er saß in der Einfahrt am Boden, seinen Basketball auf dem Schoß, und starrte zum Korb hoch, als wäre der Millionen Meilen entfernt.

»He, Hirni«, sagte Chet, als er Virgil sah.

Dann sah er Santo, und gleich rutschte er ein Stück zurück.

Anders als sonst senkte Virgil dieses Mal nicht den Kopf. Er schlich auch nicht mit angehaltenem Atem vorüber, bis er in Sicherheit war. Dafür war er zu müde, zu fertig, zu alles.

Das war nicht der Tag, um sich mit Virgil Salinas anzulegen.

Das war vorbei.

Virgil nahm direkten Augenkontakt mit Chet auf, und ohne darüber nachzudenken, blieb er stehen.

Auch Santo blieb stehen.

Bulle zog die Knie an und hielt seinen Ball ganz fest. »Was glotzt du so, Hirni?«

Hatte Chets Stimme da eben gebebt?

Virgils Arme hingen am Körper herunter. Santo stupste ihn an.

»Sag das noch einmal, und du wirst es bitter bereuen«, sagte Virgil.

Bulles unsicheres Lächeln verblasste. Er räusperte sich. »Wie du meinst«, murmelte er.

Du brauchst nicht viele Worte, Bayani, *um dein Leben umzudrehen*, das sagte seine Großmutter manchmal.

Lola wartete vor dem Haus, als Virgil nach Hause kam. Kaum war er in Hörweite, da legte sie auch schon los.

*»Ay, naku!** Zigmal hab ich dich angerufen und dir geschrieben! Wo warst du? Wieso antwortest du nicht? Und was macht dieser Köter bei dir?«

Inzwischen war Virgil näher gekommen, und

* Also wirklich!

Lola sah seine zerknitterte Kleidung und sein wirres Haar, die Spuren von Schweiß und Müdigkeit, die verquollenen Augen und den Dreck und Rost an den Händen, wo er die Leiter berührt hatte. Und anscheinend lag ein ungewohnter Ausdruck in seinem Gesicht, denn nachdem sie seine Kleidung und seine Haare prüfend angesehen hatte, blieb ihr Blick an seiner Miene hängen.

»Virgilio«, sagte sie leise, »was ist dir heute passiert?«

»Ich bin gefressen worden. So wie der Steinjunge. Aber meine Freundinnen haben mich herausgemeißelt«, sagte Virgil todmüde. Er ging an Lola vorüber zur Haustür und machte sie auf. Lola folgte ihm ohne weitere Fragen ins Haus. Santo kam hinterher.

Virgils Eltern und seine Brüder saßen zusammen im Wohnzimmer und machten nicht den Eindruck, als hätten sie sich sonderlich Sorgen um Virgil gemacht. Sie sahen irgendeine Sendung im Fernsehen – eine Comedy natürlich –, und ihr Gelächter füllte den Raum. Die Eltern saßen mit dem Rücken zu Virgil auf der Couch, die Zwillinge zu beiden Seiten in Fernsehsesseln.

Beim Geräusch der Tür drehte Mrs. Salinas sich um, und als sie Santo sah, sprang sie auf und wedelte wie wild mit den Händen.

»Schaff sofort den Hund hinaus, Turtle! Der saut mir noch den ganzen Teppich ein.«

Jetzt drehten sich auch die drei anderen um.

»Ein Hund im Haus ist doch gut«, sagte Lola. »Hält Einbrecher fern.«

Dabei sah sie Virgil verschwörerisch an.

»Setz dich und guck Fernsehen mit uns«, sagte Virgils Vater und wandte sich wieder dem Bildschirm zu. Dass da plötzlich ein großer fremder Hund in seinem Wohnzimmer stand, schien ihn nicht weiter zu stören.

Julius und Joselito erhoben sich halb von ihren Sesseln, um Santo genauer anzusehen.

»Was ist das für ein Hund?«, fragte Julius.

»Woher hast du den?«, fragte Joselito.

»Ich weiß nicht, was für einer das ist. Er ist einfach mit mir mitgekommen«, sagte Virgil.

In dem Moment fiel es ihm erst auf, wie hell es im Haus war. Sogar der Geruch hatte etwas Beruhigendes. Noch nie zuvor war ihm das aufgefallen. Sogar die kühle Luft auf seiner Haut fühlte sich besonders an.

Virgils Mutter war inzwischen um die Couch herumgekommen und versuchte, Santo hinauszuscheuchen.

Der Hund, ganz verwirrt von Mrs. Salinas' hektischen Bewegungen, tat zwei Schritte auf die Tür zu und dann wieder zwei Schritte zurück zu Virgil.

»Turtle! Er ist dreckig! Und er stinkt!«

Lola legte Santo eine Hand auf den Kopf, und sofort stand der Hund ganz still.

»Der braucht nur ein Bad«, sagte Lola. »Virgil wird ihn baden. Nicht wahr, Virgilio?«

Sie reckte das Kinn vor und sah ihn mit einem Blick an, der ihm sagte: »Ich hab verstanden.«

Aber was genau hatte sie verstanden?

Du bist nicht mehr derselbe. Das hat sie verstanden. Mach die Augen auf, Bayani.

Virgil blinzelte. Dann legte er eine Hand auf Santos Kopf, gleich neben Lolas Hand.

»Ich wünschte, du würdest mich nicht Turtle nennen«, sagte er zu seiner Mutter. »Nenn mich Virgil. Oder Virgilio oder Bayani. Aber sag nicht Turtle.«

Mrs. Salinas hörte überrascht mit ihren hektischen Bewegungen auf und starrte ihren Sohn an. Noch nie hatte er diesen Blick in ihren Augen gesehen, und er konnte ihn nicht deuten. Was sprach aus ihm? Ärger? Trauer? Schock?

Sie sieht dich gerade zum ersten Mal, Bayani. Das ist alles.

Mrs. Salinas hauchte einen Kuss auf ihren Zeigefinger und drückte ihn auf Virgils Stirn. »Okay, Virgilio«, sagte sie.

42

Nachrichten

Auf meinem Handy sind dreiundsiebzig SMS gespeichert, fast alles Nachrichten zwischen mir und Kaori. Wir sind dabei, Pläne für unser Geschäft zu entwickeln. Für Tanaka & Somerset. Fast hätte ich vorgeschlagen, unsere Namen in alphabetischer Reihenfolge zu nennen – Somerset & Tanaka –, aber da Kaori die Idee hatte und die größere Expertin ist, schien es mir dann doch richtig, ihren Namen zuerst zu nennen.

Dreiundsiebzig SMS in meinem Telefonspeicher.

Gestern waren es nur zwölf, und die meisten davon waren von meiner Mutter.

Gleich ist es Mitternacht. Abgesehen von meiner Handybeleuchtung ist es schon lange dunkel in meinem Zimmer. Ich muss gähnen, und Kaori und ich beschließen endlich, den Rest unserer Unterhaltung auf morgen zu verschieben. Aber immerhin haben wir uns schon mal eine solide Grundlage ausgedacht. Als Nächstes müssen wir Kunden finden.

Bevor wir uns endgültig verabschieden, habe ich noch eine Frage.

Worüber habt ihr gesprochen, du und Gen, bevor wir zum Brunnen gingen? Du hast gesagt, ich würde es verstehen, sobald wir Virgil gefunden hätten.

Es dauert lange, bis Kaori antwortet, jedenfalls kam es mir so vor. Endlich kommt ihre SMS:

Das Universum spricht, wenn die Zeit reif ist.

Wenn ich mit Kaori ins Geschäft kommen will, muss ich wohl lernen, selbst auch solche Sachen zu sagen. Oder wenigstens zu verstehen, was sie bedeuten sollen.

So eine vage Vorstellung habe ich schon.

Ganz ähnlich rede ich ja auch mit dem heiligen René.

Ich weiß nicht, ob der heilige René überhaupt zuhört.

Ich weiß nicht, ob er überhaupt zuhören kann.

Soweit ich weiß, ist der heilige René längst tot, und ich rede ins Nichts.

Aber vielleicht ist er ja *irgendwo*, hört zu, nickt und hilft mir weiter.

Wer weiß?

Ich lege mir das Handy auf die Brust und nehme meine Kristallhöhlen-Glaskugel vom Nachttisch, schüttele sie und sehe zu, wie die Fledermäuse herumflattern und wieder zu Boden sinken. Ein Brunnen ist doch auch so eine Art Höhle.

Ich schließe die Augen und lasse den Tag noch einmal an mir vorüberziehen. Noch nie habe ich einem Menschen geholfen, der von einer Schlange gebissen wurde, noch nie einen Jungen aus einem Brunnen gerettet und auch noch nie mit einer Hellseherin zu tun gehabt, noch dazu alles an ein und demselben Tag. Entsprechend viel kann ich Revue passieren lassen. Manchmal ist das Leben schon seltsam.

Gestern hatte ich ganze zwölf SMS gespeichert.

Heute sind es dreiundsiebzig.

Alles Mögliche fällt mir wieder ein. Sogar Gens Springseil. Ich sehe es noch vor mir, wie es da unten von der letzten Leitersprosse hängt. Wie viele

Jahre mag es wohl dauern, bis so ein Seil sich langsam auflöst, bis irgendwann gar nichts mehr davon übrig ist? Vielleicht – vielleicht – rettet es in hundert Jahren ja noch einmal ein Kind. Ich versuche mir das Kind vorzustellen. Wieder ein Junge? Oder mal ein Mädchen? Ihre Freunde fordern sie heraus, trauen ihnen nicht zu, in den Brunnen zu steigen, aber sie tun's und stürzen ab. Sie glauben, sie sind da unten verloren und kommen nie mehr heraus, doch dann entdecken sie das Seil. Schicksal, werden sie denken, und sie werden sich fragen, wie das Seil wohl dahin kam. Erfahren werden sie es nie.

Wie wird das grellrosa Seil in dem dunklen, dunklen Brunnen leuchten!

Der Gedanke gefällt mir.

Es ist, als hätten wir etwas zurückgelassen.

Ich bin mir nicht sicher, aber ich glaube, heute Nacht habe ich keinen Albtraum. Frag mich nicht, wie ich das wissen will. Manchmal weiß man so etwas einfach.

Ich denke auch an Liliput. Und an Gulliver. Ob meine Mutter mir wohl ein neues Meerschweinchen kauft, wenn ich sie darum bitte?

Dann denke ich an Santo. Was er wohl gerade macht?

Und ich denke an Virgil. Daran, wie er ganz rot wurde und kein Wort hervorbrachte. Ich denke an das Familienfoto, auf dem er aussieht, als hätten seine Eltern ihn gezwungen, sich dazuzustellen. So war's vermutlich auch.

Beim Gedanken an Virgil fällt mir auch Lola ein. *Valencia von Spanien* hat sie mich genannt. Ich nehme mir vor, mich über die Kathedrale von Valencia zu informieren. Ein wichtiges Bauwerk sei das, hat Lola gesagt, und sie scheint sich auszukennen. Was ist wohl so wichtig daran?

Ich frage mich, wie Kathedralen aussehen und ob ich je in einer stehen werde.

Wieder muss ich gähnen.

Die Augen habe ich noch immer zu. Ich spüre, wie ich einschlafe, es ist wie ein tiefes, tiefes Fallen. Doch als ich fast unten bin, reißt mich etwas plötzlich wieder hoch, und ich bin hellwach. Ich setze mich ruckartig auf. Die Augen habe ich jetzt offen. In meinem Zimmer ist es hell, so als leuchtete jemand mit einer Taschenlampe. Aber das ist es nicht. Es ist mein Handy. Es vibriert außerdem.

Anscheinend hat Kaori noch etwas vergessen.

Ich greife nach dem Telefon. Das grelle Licht tut mir in den Augen weh.

Dreiunddreißig Minuten nach Mitternacht.

Auf dem Display wird Lolas Nummer angezeigt, aber mir ist sofort klar, dass es nicht Lola sein kann.

Plötzlich bin ich hellwach.

Ein einziges Wort steht da, und aus irgendeinem Grund, ich weiß auch nicht, habe ich plötzlich ein komisches Gefühl im Bauch, so als flatterten auf einmal hundert Schmetterlinge darin herum.

Was da steht?

hallo

DANK

Das Universum möchte folgenden Menschen danken:

An erster Stelle Dr. Gina Oliva, emeritierte Pofessorin der Gallaudet University, Autorin des Buches »Alone in the Mainstream: A Deaf Woman Remembers Public School« und Ko-Autorin von »Turning the Tide: Making Life Better for Deaf and Hard of Hearing Schoolchildren«. Danke für ihre Geduld, ihre Herzlichkeit und ihre Freundschaft.

Ferner gebührt mein Dank Janet Weinstock, ebenfalls von der Gallaudet University, für die wertvollen Erkenntnisse, an denen sie mich hat teilhaben lassen; Karen Kennedy, Lehrerin für amerikanische Zeichensprache; dem Deaf-Hearing Communication Centre of Swarthmore und der wunderbaren Beth Benedict, der früheren Präsidentin der American Society for Deaf Children.

In meinen Dank einschließen möchte ich auch:

Nancy Kotkin; John Murphy, Davy DeGreff; Ayesha Hamid; Rebecca Friedman; Kelly Farnsworth; Laurie Calkhoven; Shonda und Aiden Manuel; Rosaland Jordan; das Rosemont College MFA Program; die Highlights Foundation; das mehr als unglaubliche Team bei Harper Collins; meine mehr als unglaubliche Agentin Sara Crowe; meine ganze große Familie in den USA, auf den Philippinen und weltweit; die fantastische Künstlerin und Illustratorin Isabel Roxas sowie alle Lehrerinnen und Bibliothekarinnen, die mich bei meinem Ausflug in die Kinderliteratur unterstützt haben.